Método práctico
de la guerrilla

Marcelo Ferroni

Método práctico
de la guerrilla

Traducción de Roser Vilagrassa

ALFAGUARA

© 2010, Marcelo Ferroni
© De la traducción: Roser Vilagrassa
© De esta edición:
Santillana Ediciones Generales, S. A. de C. V., 2011
Av. Río Mixcoac 274, Col. Acacias,
México, D. F., C. P. 03240, México.
Teléfono 5420 7530
www.alfaguara.com/mx

ISBN: 978-607-11-2004-5
Primera edición: junio de 2012

© Diseño:
Proyecto de Enric Satué

© Imagen de cubierta:
Fabio Uehara

Obra publicada com o apoio do Ministério
da Cultura do Brasil / Fundação Biblioteca Nacional

Obra publicada con el apoyo del Ministerio
de Cultura de Brasil / Fundación Biblioteca Nacional

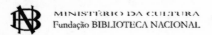

MINISTÉRIO DA CULTURA
Fundação BIBLIOTECA NACIONAL

Impreso en México

PRISA EDICIONES

Este libro está basado en los diarios, los informes y las declaraciones de aquellos que participaron en la lucha armada. La labor del escritor ha sido sacarlos de contexto y, a veces, recrearlos con información ficticia.

A Martha

Pero la historia, la verdadera historia, sólo yo la co-
nozco. Y es simple y cruel y verdadera y nos debería
hacer reír, nos debería matar de la risa.

ROBERTO BOLAÑO, *Nocturno de Chile*

Sorpresivamente, todos se habían vuelto escritores.

EDGARDO RUSSO, *Guerra conyugal*

Acepté escribir este prólogo contra mi voluntad. Era fin de año y estaba pasando la Navidad con la familia en Barretos, tumbado en una hamaca delante de la piscina, levemente febril después de haber salido a la calle para hacer algo de ejercicio: había corrido unos pocos kilómetros a pleno sol y me habían flaqueado las piernas. Mientras oía a las asistentas poniendo los platos en la mesa, recibí la llamada. Era el ayudante de edición, acaso un estudiante en prácticas; ¿quién si no iba a estar trabajando en aquel momento? Me pasó el recado con reticencia. Dijo que les había gustado el manuscrito, que «había cosas buenas, grandes momentos de acción», pero que querían hacer algunas modificaciones (y en ese momento puede que leyera de un papel), sobre todo al principio, «porque es necesario situar al lector, que no conoce gran cosa de la vida del Che Guevara». Cómo no, también tenía que ajustar detalles relacionados con «el desarrollo de la obra, la descripción de los combates, las escenas de amor». Pregunté si eso era todo, respondió que sí y nos quedamos callados al teléfono. No sé qué le dije al despedirme. Colgué el teléfono con un golpe, rodeé la mesa, que ya estaba puesta, y me quedé delante de la piscina con los brazos cruzados. Más tarde me quejé ante mi familia de la falta de consideración de la editorial. No habían entendido la importancia del libro, era eso, y ahora me obligaban a tratar con subordinados. Le comenté a mi tía que no pensaba cambiar ni una sola línea, que era imposible retocar la novela y que me daba igual que se echaran atrás y no la publicaran.

Todo el mundo debe saber quién fue el Che Guevara y qué hizo en Bolivia. Antes, sin embargo, daré una oportunidad a esos dirigentes de asociaciones estudiantiles, modelos y ambientalistas que posan delante de pósteres o que visten camisetas estampadas con su rostro y que a menudo lo confunden con Bob Marley. Ernesto Che Guevara nació en mayo o junio de 1928. Por desgracia, los biógrafos divergen sobre este punto. Nació en Rosario (Argentina), pero creció en distintas ciudades, ya que su padre, un tipo bonachón de gafas gruesas y pelo bien peinado, era un hombre emprendedor que recorrió el país con ideas para desarrollar negocios que al final se malograron: plantó mate, fabricó jabones de tocador y hasta botes de aluminio. Agotó la fortuna de su esposa y, en la última fase de un matrimonio ruinoso, su familia de cinco hijos se hacinaba en un apartamento pequeño, de un cuarto y una sala, en Buenos Aires. Celia, la madre, fue una de las primeras feministas de Argentina y transmitió a Ernesto, el mayor, un «temperamento inquisitivo», según lo calificó un biógrafo. Su madre también le infundió el antiperonismo y el amor por Neruda y García Lorca. Existe un retrato en el que vemos a un niño risueño, suéter de rayas y dos plumas sobre un sombrero de cartulina, rodeado de *cowboys*. Su afición a la guerra surgió temprano: al igual que el tío Toby de *Tristram Shandy*, a los nueve años construyó en el jardín de casa «una especie de campo de batalla, con trincheras y montes», para seguir el desarrollo de la Guerra Civil española. Desde muy pronto también aprendió a convivir con el asma, que le sobrevino la primera vez mientras nadaba con su madre una mañana ventosa, cuando tenía dos años. La enfermedad jamás lo abandonó. A los catorce ya había leído a Freud, Robert Frost, Alejandro Dumas y Julio Verne. Creció, jugó al *rugby*, se ganó entre los amigos el sobrenombre de «chancho» («cerdo») y tuvo una novia aristócrata cuyos padres lo odiaban. Viajó por América Latina con una motocicleta. Fue mal alumno, se formó en medicina para salvar vidas y combatir alergias, pero en realidad nunca llegó a ejercer. Con casi treinta años, mientras viajaba todavía por las Américas, se casó en México con Hilda Gadea, una mujer de temperamento fuerte («marxista empedernida», según un biógrafo) y no muy atractiva. Tardó un tiempo en anunciar a la familia su matrimonio, así como el nacimiento de Hildita, la hija que tuvo meses más tarde. Estando todavía en México conoció a Fidel Castro y, después de cruzar el mar Caribe en una lancha con el casco agujereado, los dos desembarcaron en Cuba para empezar la revolución. Y así lo hicieron. El Che mató a los primeros hombres. La experiencia no debió de ser muy mala, ya que a continuación tomó la fortaleza de La Cabaña, donde ejecutó de forma sumaria a enemigos del Estado. Una vez convertido en comandante, abandonó a Hilda Gadea, volvió a casarse, tuvo más hijos y engordó. Cortó caña para fomentar el trabajo voluntario, firmó notas importantes como ministro de Economía, fundó la industria azucarera, habló en la sede de las Naciones Unidas y conoció a Sartre y a Simone de Beauvoir. En esa época se habló mucho de su parecido con Cantinflas. Viajó por África, apeló a los gobiernos de izquierda para luchar «contra todas las formas de explotación existentes en el mundo». Aseguró que podría liderar un movimiento de guerrilla en el continente africano a pesar de que Nasser, desde Egipto, intentara disuadirlo de «querer hacer de Tarzán entre los negros». En 1965 entró de manera clandestina en Congo, sin que Laurent Kabila advirtiera su presencia. Pasó los nueve meses siguientes inactivo, sin conseguir adiestrar a las fuerzas tribales y sin poder controlar el ánimo de los ciento veinte cubanos que había llevado consigo. Se dedicó a jugar al ajedrez, a leer; adquirió nociones de swahili, escaló montañas y, cuando al fin entró en conflicto con los mercenarios belgas, no hubo ninguna oportunidad propicia. Deprimido, se refugió primero en Tanzania y luego en Checoslovaquia, desde donde partió para emprender una aventura guerrillera más, esta vez en Bolivia. Corría el año 1966. Y de esta época trata el libro.

La presente es una obra ardua, fruto de una investigación exhaustiva. Si he dado algún toque personal a la narrativa aquí o allá, si me he tomado alguna libertad en los diálogos o si he añadido detalles que a mi juicio eran pertinentes, ha sido para facilitar el desarrollo de la obra. En ésta, sigo la trayectoria del comandante en esos últimos meses de su vida, y recojo las escisiones que lo llevaron al desenlace en La Higuera; cuento su historia a través de personajes decisivos, como Tania, la agente alemana infiltrada en La Paz, y João Batista, el único brasileño de la guerrilla. Entre los centenares de documentos, analizo por primera vez un informe desclasificado hace poco por el Departamento de Estado de Estados Unidos: el interrogatorio que se hizo al brasileño. Antes de la divulgación de este material, poco se sabía del joven. Supuestamente se llamaba Paulo Freitas y participó en actividades contra el régimen militar brasileño antes de formar parte del grupo del Che. Después de unirse a la guerrilla, murió en una emboscada a finales de septiembre de 1967. Pero la historia que recogen esos documentos es muy diferente. Nuestro «Zumbi dos Palmares* del siglo xx», como afirmó recientemente una diputada brasileña de izquierdas, tuvo un papel distinto del que se había creído hasta ahora. Se llamaba Paulo Neumann, era estudiante en São Paulo, hijo de humildes campesinos de Rio Grande do Sul y, en el momento del interrogatorio, tenía sólo veintidós años. Carecía de experiencia en la lucha armada, pero gracias a una maniobra delicada, si bien convincente, se infiltró en las operaciones cubanas que se estaban desarrollando en São Paulo y luego se unió a Guevara. Su relación con el

* Líder antiesclavista brasileño (Quilombo de Palmares, 1655-1695). *(Nota de la traductora.)*

argentino sigue siendo confusa; al principio, el comandante lo trataba con desprecio, refiriéndose a él como el «burgués». Sin embargo, su actitud cambia más adelante, y hasta es posible que al Che le doliera su fallecimiento. Existe una única fotografía de él, contenida en un rollo de película que el ejército boliviano confiscó y que no divulgó hasta treinta años después. La imagen, tomada probablemente por el propio Che, está desenfocada y carcomida por los hongos, pero en ella vemos a un joven de barba rala con una gorra que le cubre los ojos, y la boca apretada. Está sentado sobre un tronco, rodeado de indios con bombín: todos los rostros desenfocados. En la mano derecha lleva un rifle, cuya culata apoya en el muslo; con el otro brazo sostiene a un niño en harapos con la cara negra de suciedad y las manos en la boca. Todavía hay dudas de que el hombre de la imagen sea Paulo Neumann; para resolver la cuestión habría que realizar nuevos estudios. En este libro he tratado de incorporar los datos que aporta en su declaración a los acontecimientos de 1966 y 1967 como punto de vista adicional al desastre de Bolivia. El resultado es asombroso (el lector verá claramente a qué me refiero); sólo pido que sea paciente y que lo lea hasta el final. Pero quiero empezar con lo que ocurrió primero: una historia de amor.

Primera parte

1.

El agente con nombre en clave Mercy es un hombre precavido. Ese 5 de enero nublado y húmedo, después de un desayuno frugal (porque el Hotel El Incaico, situado en el centro de La Paz, no ofrece más que té de coca, pan de maíz y un queso muy fuerte de la región), cruza el vestíbulo con un maletín en la mano y hace una seña a un taxi como si fuera a un encuentro urgente (al fin y al cabo está en Bolivia por negocios), pero luego avanza unas manzanas más y toma un autobús hasta una zona residencial. Bajo una llovizna típica de esa época del año, se planta enfrente del número 232 de la calle Juan José Pérez, un ruinoso caserón de dos plantas, cercado por una tapia de color verde musgo, en la que hay una verja de hierro a través de la cual se ven unas macetas en un patio pequeño. Ya conoce el lugar, ha estado allí otras veces: es una pensión para chicas y sabe que una de ellas se llama Laura Gutiérrez Bauer. Y es a quien busca. La joven es una argentina de origen alemán que vive en Bolivia desde hace aproximadamente dos años. Del bolsillo de la chaqueta saca una foto de 3x4 en blanco y negro, donde se ve un rostro de mujer. Se pone al abrigo de un tejado al otro lado de la calle, a esperar a que aparezca. Mira varias veces el reloj de pulsera y la fotografía, actitud que podría resultar sospechosa a un transeúnte más atento. Al fin, a las 9.30, la mujer abre la verja. Lleva un bolso de cuero rojo y una gabardina de color gris oscuro que esconde sus formas robustas; Mercy se fija en sus canillas gruesas, blancas, dentro de unos zapatos cerrados. Lleva un pañuelo estampado en el pelo y baja por la calle a paso rápido, lo cual obliga al agente a acelerar la marcha, aunque sin acercarse mucho a ella.

Mercy llegó a La Paz dos días después del año nuevo de 1966, y todavía no se ha acostumbrado a las jaquecas y el vértigo que lo acometen, efectos típicos de la altitud. El maletín con el que tiene que cargar es pesado, pero necesario para el disfraz de representante de una firma mexicana de productos de belleza. Dos días antes hizo un detallado reconocimiento de la zona colindante a la pensión y buscó a la alemana por los lugares que frecuentaba. Visitó el museo de folclore del Ministerio de Educación, donde supuestamente trabajaba. Al no verla, y a fin de no levantar sospechas, compró «por treinta pesos» un ejemplar de *Diablada,* un librillo de cultura popular mimeografiado, «pese a que luego me di cuenta de que, para los bolivianos, las copias se distribuían gratuitamente», escribirá más tarde, en el primer informe a La Habana. A continuación fue a un salón de belleza llamado Martiza, se presentó como vendedor de cremas y lociones, dejó una tarjeta, pero no la identificó entre las clientas. También pasó por el aula donde se impartía un curso de cerámica al que ella asistía dos veces a la semana, pero prefirió no entrar: en el recinto había exclusivamente mujeres y afeminados, y no tenía una coartada convincente. Como no la encontraba en ninguna parte, llegó a temer que no llevara la foto correcta o que el departamento de inteligencia hubiera cometido otro de tantos errores.

Sin embargo, ahora, cuando la sigue por las calles de La Paz, está seguro de que es ella. Pero se ha distraído, ha permitido que se distanciara y, a continuación, comete el primer desliz. La alemana, que va muy por delante, salta los charcos del bordillo y alcanza un autobús que ya arrancaba. Al ver que está a punto de perderla, Mercy baja corriendo el tramo que los separa, esquivando a vendedores ambulantes; da unos golpes a la carrocería, acelera el paso y se agarra a la puerta automática hasta que el conductor, vencido por la insistencia, vuelve a acercarse al bordillo. Los pasajeros se quedan mirándolo mientras sube, jadeando, los escalones; hasta Laura, que va sentada en el pasillo de la cuarta fila. Es ella, no le cabe duda. Tiene la piel muy clara, de un tono grisáceo, y las cejas arqueadas sobre una nariz pronunciada.

Se apean en un barrio residencial, Mercy la sigue hasta una casa con una tapia elevada, de donde la joven no sale hasta tres horas después. Más adelante, el agente sabrá que en ella vive una niña a quien le da clases particulares de alemán. Desde allí, Laura va andando hasta el centro de la ciudad, come deprisa en un local de comida rápida y mira los escaparates de ropa femenina. Coge otro autobús (esta vez él la sigue en taxi) y baja en las proximidades de la Universidad Técnica de La Paz. Camina sin prisa por una alameda de árboles muertos. A las tres de la tarde, Laura se encuentra en la esquina del edificio de ingeniería, saludando a un joven menudo de rasgos indígenas que no borra la sonrisa de sus labios y asiente a cuanto ella le dice. Hay también otro muchacho, aparentemente más joven: es el hermano del otro, como Mercy averiguará más tarde. Según el dossier que estudió antes de emprender el viaje a Bolivia, aquel joven de sonrisa permanente es Mario Martínez Álvarez, veintidós años, estudiante de Ingeniería de Minas y novio de Laura desde septiembre del año anterior. La incongruencia no puede ser peor. La alemana es por lo menos tres años mayor que él, y ha viajado por toda Europa antes de partir a Bolivia para estudiar folclore. Mariucho es un muchacho humilde, hijo de un minero de Oruro medio analfabeto. Pero quedó prendado de esta mujer experimentada y atlética, campeona de gimnasia olímpica de adolescente, que toca el acordeón y, cuando no tiene el acordeón entre los brazos, le encanta bailar chasqueando los dedos (como las flamencas). Una secuencia de imágenes que un biólogo encontró años atrás la muestra así, con los dedos en alto y los ojos cerrados, sonriendo con un chal sobre los hombros. Mariucho no ha contado nada del noviazgo a sus padres: ya ha dicho en más de una ocasión que piensa rebelarse cuando acabe de estudiar, pues se niega a volver «a aquel fin del mundo», como dice.

Mercy los sigue de vuelta a la pensión. «Pasaban de las ocho de la noche cuando [Laura] se despidió de uno de los jóvenes [el hermano] y salió con el otro en dirección al cine Monte Campero. Cené en un restaurante chino y luego los vi salir del cine. Volvieron a casa; ella tomaba la iniciativa del paseo», escribe Mercy en su informe. Considera la jornada un éxito; todo parece tranquilo, puede seguir con las operaciones. Vuelve al hotel.

Al día siguiente decide llamarla por teléfono desde un aparato público situado al fondo de una farmacia, en una plaza lejos del hotel. «Busco una profesora de alemán», dice. *«¿Cómo?»*, responde la mujer que ha atendido la llamada. Mercy repite: «Profesora; de alemán». Hay interferencias; de fondo alcanza a oír cómo la mujer se ha apartado del teléfono y grita llamando a una tal Laura, vuelve a gritar, le pide que baje deprisa, que un «extranjero» quiere hablar, que no sabe quién es ni ha dicho cómo se llama ni ha saludado. Mercy no lo comenta en el informe, pero probablemente está nervioso y, mientras espera en la línea, se arrepiente de no haber practicado más el acento boliviano. Quería hacerse pasar por un habitante de La Paz, y ahora lo anuncian como un extranjero; espera no haber cometido otro descuido. En la línea, una voz más joven pregunta quién es.

—¿Es usted profesora de alemán? —intenta nuevamente el acento, que esta vez le suena muy musical.

—Sí.

—¿Da usted clases de alemán para negocios?

La voz vacila y a continuación responde pausadamente. Dice que no, que no incluye alemán para negocios en sus clases. El hombre pide disculpas por las molestias y cuelga. Sale de la cabina telefónica, paga al propietario lo que le debe y abandona la farmacia con la misión de la mañana cumplida: ella ha entendido las señas, ha utilizado las contraseñas y en breve se encontrarán. Porque Laura Gutiérrez Bauer, investigadora de folclore indígena y novia de Mariucho, que se mantiene dando clases particulares y alquila un cuarto sencillo en una pensión, es, al igual que Mercy, agente del régimen cubano. Su nombre en clave es Tania.

Es la primera vez que Tania recibe la visita de un agente de La Habana. Hasta entonces, enviaba informes cifrados a Cuba a través de un radiotransmisor guardado en el fondo falso de un maletín. En éstos, relataba la rutina de cómo se había ido infiltrando poco a poco en la sociedad boliviana. Llegó a La Paz el 18 de noviembre de 1964 y tenía que mantenerse con una suma mensual que le mandaban por correo como si la enviaran sus padres; suma que apenas si le daba para pagar la pensión. Había desembarcado en un país en crisis política, a los pocos días del golpe de Estado que derribó al entonces presidente Víctor Paz Estenssoro y que llevó al poder al general René Barrientos, un hombre pequeño y enérgico. Tenía órdenes de infiltrarse en los círculos más influyentes, y así lo hizo, meticulosamente. Realizó su primer movimiento durante una exposición de piezas artesanales indígenas, dejándose abordar por Moisés Chile Barrientos, artista plástico que decía ser primo del dictador. Durante el mes que pasaron juntos, le presentaron a Julia Elena Fortín, directora del Comité de Investigación Folclórica del Ministerio de Educación, una mujer de fuertes rasgos masculinos con quien Tania convivió discretamente durante unas semanas, despertando con ello los celos de Moisés Barrientos. Julia Elena la recomendó para un cargo no remunerado como arqueóloga de campo. «La investigación en esa área sirvió para justificar sus viajes a diferentes partes de Bolivia, muchas veces junto a la directora», escribe un biógrafo. «También realizó grabaciones de docenas de cantos indígenas, que permitieron a Tania desarrollar relaciones con intelectuales destacados.» Fue una de las fundadoras de la Sociedad Boliviana de Cerámica y, en ese período, fue la amante del renombrado pintor Juan Ortega Leyton, que la presentó en los círculos culturales de La Paz como una joven «especialista en folclore».

A través de Julia Elena, también conoció a Ricardo Arce, secretario de la embajada argentina, que, «encantado con una coterránea tan implicada en la cultura regional», la invitó a una casa de campo que tenía en Santa Cruz, donde pasaron una semana «conociendo interesantes comunidades indígenas locales». Tania empezó a frecuentar sus recepciones en La Paz y, durante una comida junto a la piscina, tuvo la oportunidad de conversar con el mismo René Barrientos. Una fotografía del momento los muestra a los dos sosteniendo una animada conversación. En esa época, la agente se mudó a la pensión de la calle Juan José Pérez, donde hizo amistad con la propietaria, Alcira Dupley de Zamora. Según un informe que Tania envió, Alcira la trataba «de una forma maternal». Más adelante, la agente se hizo amiga íntima de su hija, que trabajaba como secretaria en la Oficina de Planificación del gobierno boliviano. También trabó amistad con profesores universitarios, periodistas, empresarios, diplomáticos y, entre ellos, una ex diputada de la coalición que apoyaba el régimen militar. Consiguió acceso al Departamento de Investigación Criminal y obtuvo información sobre las estructuras de represión recién creadas en Bolivia.

Por medio de conocidos, consiguió ocho alumnos para dar clases de alemán. Coqueteó con el editor de un periódico títere de extrema derecha que le consiguió un permiso de trabajo falso. Se acercó al abogado corrupto Alfonso Bascope Méndez, líder del Partido Demócrata Cristiano, que pagó de su propio bolsillo cinco mil pesos de propina a la Policía Federal, y que en cuestión de media hora le consiguió un certificado de buena conducta. Éste era el último documento que necesitaba para conseguir un visado permanente, que obtuvo el 20 de enero de 1965. Si se casaba con Mariucho, obtendría la ciudadanía.

Son las 13.40 del 7 de enero. Mercy dispone todavía de unos minutos, que ocupa sentado en la barra de un bar, donde el camarero le sirve una Coca-Cola sin hielo. Diez minutos después, abandona el establecimiento, cruza un bulevar abarrotado y entra en una calle lateral. No tiene prisa; ha cronometrado las distancias hasta el caserón de color verde musgo. Cuando se halla frente a la pensión, mira el reloj una vez más. A las 13.55 Tania abre la verja de la entrada. Lleva la misma gabardina que hace dos días y unas enormes gafas oscuras, pero el pañuelo que le envuelve el cabello es amarillo, señal acordada, según la cual ya pueden verse. El color indica que no hay peligro, que nadie los vigila. La alemana echa a andar por la calle y Mercy va detrás de ella a cierta distancia. Ella sigue un itinerario preestablecido, acordado en transmisiones anteriores a La Habana, y él puede abordarla en cuatro o cinco lugares concretos del trayecto. Primero se detiene en un puesto de la feria de Lanza y pide una leche batida; un grupo de niños impide a Mercy aproximarse. Luego la sigue a lo largo de otras dos manzanas, y el poco movimiento que hay en las calles lo disuade de acercarse en los tres *checkpoints* siguientes.

Así pues, toma un taxi y vuelve a encontrarse con ella a las 15.15 frente al cine Murillo. Mercy sigue sus pasos por la calle Linares, entra en una calle paralela y, a continuación, la avista en el cruce de las avenidas Landaeta y Ecuador. Tania toma una calle residencial adoquinada y dos manzanas más adelante, Mercy finalmente la aborda.

—¿Podría usted indicarme dónde está el cine Bolívar?

—En la calle Simón.

—¿Y eso queda cerca de la calle Sucre?

—Depende de la dirección de la que venga.

Mercy sugiere que entren en un café; ella conoce uno cerca de allí, y caminan uno junto al otro. En el informe, él comenta que la alemana «está preparada para desempeñar actividades que exijan fuerza física y mental». Es preciso descifrar las palabras del agente; en este pasaje, seguramente sólo quiere decir que es más alta y acaso más fuerte que él.

Tania es una mujer muy diferente de aquella que, a los veintitrés años, pisó Cuba por primera vez. Por entonces era una entusiasta de la revolución y estaba dispuesta a defenderla como fuera. En los poemas que nos han llegado —una letra redonda sobre cuadernos escolares— habla de la muerte en tierras extrañas y de flores perecederas. Escribía cartas frecuentes a sus padres, gracias a las cuales podemos seguir sus años en Cuba. Trabajaba como traductora en el Ministerio de Educación y era una dedicada intérprete para las delegaciones de Alemania Oriental («Hace dos días que no duermo; mis compañeros [...] no entienden de dónde saco tanta energía para esas conferencias»). Formaba parte de la Banda Folclórica de Camagüey y tocaba el acordeón en los festivales de música patriótica.

Nacida en Buenos Aires, hija de comunistas alemanes que habían huido de su país durante la Segunda Guerra Mundial, desde muy pronto convivió con exiliados políticos y aprendió la importancia del trabajo clandestino. Siempre había sido independiente. A los dieciocho años había dejado su tierra natal para estudiar en Alemania Oriental; cinco años después se trasladaba a Cuba. «Es el lugar donde está pasando todo», escribió a sus padres.

A principios de 1963, cuando tenía veinticinco años, tras pasar por distintos empleos en La Habana, unos amigos la propusieron para una vacante en el Ministerio del Interior, el MININT. Pasó una semana haciendo pruebas de aptitud y, una vez que fue aprobada, la sometieron a una batería de interrogatorios. Investigaron su pasado. Superada la prueba, en junio la División G-2, la sección de inteligencia del ministerio, la aceptó. Tardaron más de dos meses en llamarla para el adiestramiento, que empezó en agosto del mismo año. Asistió a las clases teóricas de Ulises Estrada, director de operaciones especiales y brazo derecho de Guevara. Este negro tímido, ex guerrillero absorbido por el trabajo de oficina, se dejó enredar por Tania, que le pedía clases particulares y «siempre quería aprender más». «Nunca era suficiente», escribe en su libro de memorias.

«Éramos muy amigos», continúa Ulises. «Empecé a llevar a mis dos hijas a visitar a Tania. Vi que aquello la hacía feliz: a ella le encantaban los niños y me decía que, un día, le gustaría tener su propia familia.» Poco a poco, el cubano empezó a abrirse con aquella alumna, a darle detalles de su vida personal. «Eso incluía las dificultades matrimoniales por las que estaba pasando con la madre de mis hijas. Estaba a punto de pedir el divorcio.» Luego empezaron a encontrarse en secreto en la playa desierta de Baracoa, al oeste de La Habana, en un bungaló del gobierno.

En más de una ocasión, Tania rompió el secreto para hablar a sus padres de la relación. «Mi negrito es el típico cubano, muy amoroso», escribió en una de las cartas. «Es muy revolucionario y quiere casarse con una mujer muy revolucionaria. ¿Vosotros estaríais de acuerdo?»

La relación con Ulises no duró. Cuando por fin él hizo acopio de valor y le contó a su mujer que había otra, Tania lo abandonó. En mayo de 1964, alistada en la primera misión, salió de Cuba. Con el pelo teñido de negro y con pasaporte argentino, viajó como Laura Gutiérrez Bauer por Europa, donde se dejó fotografiar con novios pasajeros (permitiendo que la besaran en una Lambretta en Roma; sonriendo en una plaza en Niza; protegiéndose del viento en los Alpes suizos), construyendo así un pasado consistente para su misión en Bolivia. Al llegar a La Paz, tras cruzar la frontera con Perú, había completado su transformación. Sólo le faltaba saber en qué consistiría finalmente su misión.

Ella y Mercy entran en el café Reunión y se sientan al fondo, en una mesa cerca de la cocina. Primero hablan de un asunto trivial: Cuba reconoce los servicios prestados y, como recompensa, la acepta en el Partido Comunista. Tania le da las gracias. Después de pedir las bebidas, Mercy pasa a la segunda cuestión: tiene cartas de sus amigos y familiares, pero sólo puede enseñárselas en un lugar seguro. Pregunta a la agente si conoce alguna habitación cerrada «donde puedan estar solos» y podemos suponer que, tan pronto termina la frase, su rostro se tiñe de un leve rubor. Intenta corregir, explica que necesitan una habitación para tratar, claro está, sobre negocios, y a continuación calla. Removiendo el café con la cucharilla, Tania lo mira a la cara con sus ojos verdes. Mientras él busca dónde poner los suyos, ella sonríe por primera vez, mostrando unos dientes pequeñitos y afilados.

2.

En su libro, Ulises Estrada habla de una época especialmente difícil por la que pasó a finales de 1965. Sin poder abandonar la embajada cubana de Dar es Salaam (Tanzania), estaba sentado en una silla de ratán en un altillo, observando la calle soleada, intentando escribir una carta. Garabateó en la parte superior de la página el nombre de la ciudad y la fecha. «Querida», continuó, y se puso a mirar el paisaje otra vez, con los ojos entrecerrados por la claridad. No tenía previsto volver a Cuba, no sabía nada de las operaciones de la agente alemana y casi no salía del primer piso de aquella casa. Si miraba al lado contrario de la sala, podía ver una puerta siempre cerrada. Para entrar, tenía que llamar y esperar, y no siempre obtenía respuesta. Guevara podía pasar horas inmóvil, días enteros con la misma ropa, acostado en el catre, quizá mirando al techo, fumando en pipa. Apenas hablaba. Cuando Ulises entraba veía a los pies de la cama los libros de Stendhal y de Romain Rolland, los únicos que había conseguido comprar en la ciudad. Sabía que él los leía y los releía; eran su distracción cuando no estaba escribiendo su diario. No podía abrir las ventanas ni airear la habitación; Guevara no lo permitía.

Intentó volver a empezar la carta. «Querida Tania», escribió. Evitando hablar de la melancolía del comandante, sólo se quejó del calor y de la imposibilidad de convertir a los congoleños en «guerrilleros valientes». «Mi idea de África era la del evidente atraso del continente, los regímenes coloniales. Muchos monos. Selva. Cebras y elefantes, manadas. Muchas serpientes. No he visto todos los leones que esperaba ver», escribió en un pasaje breve y pintoresco. Ante la imposibilidad de declararse abiertamente, también escribió que le gustaría verla una vez más, si fuera posible. Y subrayó la frase dos veces.

En la habitación, el comandante guardaba silencio. No recibía visitas, no hacía ejercicio ni se bañaba. Se había postrado más todavía al enterarse, con meses de retraso, del cáncer que había matado a su madre. Cuando se ponía a trabajar, intentaba explicar en el diario la serie de errores que los habían llevado a la derrota en el Congo. «La historia de un fracaso», como lo llamaba. Los congoleños se negaban a cargar peso, disparaban con los ojos cerrados; creían en la *dawa,* una poción que los hacía invulnerables. Algunos incluso llegaban a ponerse vestidos, porque decían que así eran invisibles ante las balas. Al no poder luchar contra los mercenarios belgas por falta de autorización de los jefes congoleños, el Che obligaba a sus hombres a jugar al ajedrez (partidas a ciegas, partidas con menos piezas, partidas simultáneas) o fumaba mientras miraba caer la lluvia. Entretanto, aquellos mismos jefes se divertían con putas y cocaína en Brazzaville. Ulises había vivido todo aquello de cerca. Incluso la fuga a Tanzania en una lancha abarrotada de guerrilleros la madrugada del 22 de noviembre. Durante los primeros días en la embajada, había tratado de convencer al comandante de volver a Cuba, pero éste se negaba. Había escrito una carta, decía, una carta de despedida, daba las gracias al pueblo cubano por todo y tendía la mano a su ciudadanía. Fidel Castro había leído la carta en la emisora nacional, algo que el Che no esperaba. Después de aquello no podía regresar. No después de aquella despedida.

Un domingo, Mercy y Tania se encuentran en las regiones montañosas de La Paz. Mientras observan a los transeúntes de lejos, Mercy se apoya en una roca, se coge la pierna derecha, la atrae hacia sí y, con cierta dificultad, desencaja la tapa del tacón, revelando un escondrijo de donde retira unos papeles arrugados. Se trata de cartas para Tania de su familia y amigos. Una de ellas es de Ulises y lleva el nombre de un lejano país africano. «Muchos monos», lee ella con poco interés.

El agente cubano también le da una nueva hoja de códigos para comunicarse con La Habana y le pide que destruya la antigua. Se quedan en el parque hasta las cuatro de la tarde, hablando de trivialidades. Mercy quiere pasar más momentos como éstos. «Le he dicho a la referida agente que es de extrema importancia que nos veamos con frecuencia, para que le dé las instrucciones que faltaban todavía, y que ella tendría que reservar al menos tres horas diarias a la tarea citada más arriba», escribe en un informe. También vuelve a insistir en que se encuentren en un lugar discreto. Tania le dice que ha conseguido que una amiga les deje su casa, lejos de la ciudad.

Vuelven a encontrarse el martes. Cogen un autobús interurbano, se sientan en filas diferentes, como si fueran dos desconocidos. Sólo ellos dos bajan en la parada vacía de Calacoto. El pueblecito es pequeño, con unas pocas calles sin asfaltar y algunas casitas. Aun así, andan a dos manzanas de distancia entre sí, pues no quieren que nadie los vea juntos. La casa de la amiga queda en una callejuela rodeada de maleza alta y terrenos baldíos. Aún en construcción, el suelo es de áspero cemento, las ventanas son simples agujeros y las bombillas cuelgan de los hilos. Tienen que apartar latas, pinceles y rodillos de una mesa para la primera reunión. Mercy quiere explicarle la misión, no es muy práctico, y empieza con el plan geopolítico. Argentina, dice él, formaba parte de los planes del Che Guevara. Pero hay graves impedimentos políticos; allí, el Partido Comunista, con Víctor Codovilla a la cabeza, se opone al régimen cubano. Además, los militares en el poder fueron implacables contra la guerrilla anterior. Tania no parece entenderle; le pregunta si la misión tiene algo que ver con Guevara. «Sí», responde Mercy, «vamos a ayudar a preparar el terreno para su plan de acción revolucionaria. Y tú ayudarás a hacerlo». Perú, continúa el agente, era una buena alternativa, pero los movimientos revolucionarios del país han sufrido graves bajas recientemente. También había pensado en Venezuela, pero el líder rebelde, Teodoro Petkoff, se niega a dividir el poder con el Che, alegando que no hay suficiente seguridad para acogerlo. En cambio, Bolivia tiene frontera con varios países y puede convertirse en un foco guerrillero para toda América Latina. El PC local es receptivo a las orientaciones de La Habana, y su dirigente, Mario Monje, incluso ha enviado a Cuba a miembros de la juventud comunista para que reciban adiestramiento militar. Es el país más indicado para iniciar la Operación Fantasma, el nombre secreto del plan.

«Hemos aprovechado el tiempo que quedaba para darle instrucciones de espionaje y contraespionaje. También le he encargado la tarea de montar tres *checkpoints*», escribe Mercy sin aportar más detalles. «Hemos acordado en volver a encontrarnos dos días después en el mismo lugar.»

Esta vez él llega antes, da la vuelta a la casa, se aleja otra vez, desciende hasta una calle principal y la espera, sentado al fondo de un bar. Observa sus movimientos cuando ella entra sin llegar a verlo. Mercy espera una hora y media más antes de ponerse en marcha. La puerta principal está atrancada, de modo que entra por la ventana, que no tiene batiente. Tania está durmiendo boca abajo sobre una cama pequeña en un cuarto del fondo. Unos cabellos negros esconden su rostro, y tiene los muslos a la vista. En el informe de ese día, él sólo comenta que «trabajamos hasta casi las ocho de la noche a la luz de las velas porque no había luz eléctrica en ninguna habitación». Pero no especifica qué hicieron durante todo ese día; ni si salieron o no de la casa, ni si comieron. Ni si hablaron o cumplieron alguna parte del plan. Tampoco habla de los abrazos que se dieron en ese colchón fino, de la osadía que tuvo al arrancarle la falda por no encontrar los botones; de las lechosas piernas de Tania envolviéndolo en aquel áspero suelo de cemento, entre las latas de pintura y las escuadras; de la agente apoyada en la pila sin agua, mirándolo de soslayo mientras la agarraba por la espalda.

No se encuentran durante los cinco días siguientes. Tania tiene clases particulares que impartir y ya no pueden volver a usar la casa de Calacoto, porque han reanudado las obras. Mercy sólo comenta la «falta de seguridad para usar el aparato».

Durante ese período surge el primer problema. Tania debe entregar su pasaporte al servicio de naturalización, pero las huellas digitales que hay en el documento no son las suyas, por lo que sabe que la descubrirán en cuanto lo haga. Mercy informa a La Habana del contratiempo, escribe que «el director del Departamento de Inmigración» ha importunado recientemente a la agente insistiéndole en que «ponga en orden la documentación y vuelva a encontrarse a solas con él, lo cual me hace pensar que tuvieron relaciones íntimas en algún momento». La alemana, dice él, «no ve la manera de resolver el problema, porque las impresiones dactilares del pasaporte falso no coinciden con el permiso provisional de residencia». Mientras reciben o no indicaciones, resuelven irse de La Paz unos días. «He sugerido que viajemos al interior del país, ya que de esta forma podremos emprender el entrenamiento para el cual fui designado y, al mismo tiempo, nadie molestará a la agente.»

Parten en un autobús dos días después y, aunque intentan hacerse pasar por desconocidos, en la primera parada Tania elige el asiento vacío al lado de Mercy. Primero bajan en Copacabana, donde se hospedan bajo los nombres de señor y señora González. Visitan el lago Titicaca; Mercy queda impresionado con las islas artificiales donde viven los indios. Se dirigen al sur y pasan unos días visitando las iglesias de Cochabamba y Trinidad. En Santa Cruz se hospedan como recién casados, visitan el fuerte de Samaipata, la misión de Chiquitos y el Parque Noel Kempff Mercado. En su última noche, reciben una botella de vino espumoso muy frío, cortesía del establecimiento. Mercy se compra una cámara pero no sabe usarla. La única foto que nos ha quedado está fuera de encuadre y muestra a Tania con un pañuelo en la cabeza, un jersey y unas mallas negras (los pies están cortados) entre unos cocoteros y un campanario.

Olvidan por un momento que son agentes de Cuba. Mientras toman un refresco en la terraza de un café en Santa Cruz, «un sujeto más joven» aborda a Tania; dice que la conoce de La Paz. Se llama Julio y es el periodista del periódico de ultraderecha que le dio el certificado de trabajo falso. Se sienta con ellos y, según Mercy, «es un hombre repelente, con el pelo engominado y la corbata floja; no se quita las gafas de sol en ningún momento y raramente me dirige la palabra». Tania se apresura a decir que Mercy es su primo y que han aprovechado un descanso en su trabajo para enseñarle Bolivia.

—Ahn... —dice Julio inclinándose sobre ella «de forma inapropiada», según escribe Mercy.

Por la noche, solos en su habitación, tienen su primera discusión. «Le dije que no se acercara a conocidos mientras estuviera de servicio.» Tania responde que sólo trataba de proteger su falsa identidad, que no podía fingir que no lo conocía. «He tenido que recordarle varias veces que, aunque haya que hacer determinadas cosas en nombre de las apariencias, su trabajo conmigo está en primer lugar, antes que cualquier otra cosa.»

Vuelven a La Paz el 2 de febrero. La agente tiene que reanudar sus tareas, y esto los obliga a verse de noche, furtivamente, en el hotel donde se aloja Mercy. El oficial de inmigración importuna a la agente una vez más. Necesita un nuevo pasaporte, con huellas digitales auténticas. Mercy se pone en contacto con el servicio de inteligencia cubano y aguarda instrucciones, que llegan dos días después. Tendrán que volver a viajar, esta vez al exterior. Obtener impresiones dactilares, enviarlas secretamente a La Habana y esperar, con discreción, a que llegue el nuevo documento. El destino los asusta por la gran distancia que supone el desplazamiento a Brasil. No conocen el país y hay ciertos riesgos, pero no tienen otra opción; Cuba dirige allí una pequeña célula que puede realizar el trabajo.

Mientras Mercy prepara el viaje, Tania lleva a Mariucho a un notario en el centro de la ciudad, él con un traje arrugado, ella con un vestido que le ha prestado la dueña de la pensión. Se casan sin mayor ceremonia una tarde en una oficina de la administración abarrotada. Cenan en un restaurante chino frecuentado por universitarios: están empezando su vida y tienen poco dinero para excesos. Mariucho comenta que trabajará por las noches de camarero, o tal vez hace planes para una luna de miel. Esa noche memorable duermen en una habitación pequeña que él ha alquilado. Dos días después, la alemana le anuncia que se marcha dentro de una semana, ya que ha recibido «una oferta irrecusable» de trabajo de un empresario mexicano, que quiere contratarla como intérprete en un viaje de negocios a São Paulo y Río de Janeiro. Le dice que volverá dentro de tres meses.

—¿Tres meses?

Mariucho sabe que las playas de Brasil son soleadas. Acaso le gustaría estar con ella, con la piel bronceada, con los pies en la arena fina y ese mar azul oscuro. Tania parte una mañana muy temprano, recoge las cosas que tiene en la pensión y se marcha sola al aeropuerto.

3.

Tania observa el mar plomizo con una mano sobre sus anchas caderas y la otra aguantando un sombrero de paja que amenaza con volarse por el viento. El bañador azul oscuro contrasta con su piel grisácea. Pisa la orilla del agua helada, y ésta le pasa por encima de los pies; luego camina por la arena, se detiene otra vez, vuelve la mirada hacia atrás y dice algo. Mercy está sentado en la arena de la orilla y el ruido de las olas le impide oírla. Él no quiere pasear; sólo quiere regresar antes de que se ponga a llover.

Llegaron al litoral paulista la noche anterior: era cerca de medianoche cuando finalmente entraron en la casa que habían alquilado en la playa de Itararé, entre Santos y São Vicente. Mercy dejó las maletas en el suelo de la cocina y esperó a que el runrún del motor se desvaneciera en la distancia. Durante un rato, estuvo atento a los ruidos de la calle sin asfaltar: sólo se oía ladrar a un perro. Cerró la ventana para impedir que pasara la brisa; Tania, que había entrado antes que él, ya estaba tumbada sobre un sofá húmedo, hojeando unas revistas que había esparcidas sobre una mesa de centro. A continuación se levantó, dijo que quería ver el mar, que desde allí se oían las olas. Discutieron. Mercy dijo que era muy tarde para montar «escenas», que había que tranquilizarse. «Le dije que ya no soportaba aquel comportamiento inadecuado; se había pasado todo el viaje sonriendo y hablando con el taxista, que no le quitaba los ojos de encima, y toda esa simpatía propia de una mujer fácil había puesto en riesgo la misión.» Tania respondió que sólo desempeñaba un papel. «Yo le dije que tenía que haberse callado, que siempre actuaba con demasiada amabilidad y proporcionaba demasiada información; no dejó de sonreír al conductor en todo el descenso desde la sierra», escribirá él.

Ahora, sentado en la playa, ve que Tania se ha cansado de andar por la orilla y se acerca. No sonríe, se aguanta el sombrero para que no se lo lleve el viento, parece decir «tengo hambre» y se aleja. Vuelven callados por la calle, pasan por un mercado para comprar alimentos y se encierran en la casa hasta el día siguiente. El informe de Mercy está repleto de quehaceres, pero resulta difícil creer lo que dice. «Ya teníamos cosas para comer y no queríamos perder el tiempo. De modo que trabajamos la tarde entera y luego organizamos el programa para los días siguientes: de las 8 h a las 10 h, despiste del enemigo y persecución; de las 10 h a las 12 h, técnicas de escritura invisible y con carbono. De las 12 h a las 13.30, ejercicios físicos, con énfasis en caminar y correr. Media hora para comer y, hasta las 17 h, métodos prácticos para obtener información y comprobación de datos; de las 17 h a las 20 h, contrainteligencia y sus métodos de aplicación. Por último, cena y, por la noche, recapitulación de lo visto durante el día. Retirada a medianoche.» Seguramente tienen relaciones sexuales en todas las habitaciones: en la cama de matrimonio; en el sofá, sobre las revistas enmohecidas; encima de la mesa de operaciones; en el lavabo; y, como Mercy no sabe nadar, entre las olas, allí donde no cubre.

No hay más referencias al conductor. No se le menciona, pero sabemos que es la primera alusión a João Batista, o Paulo Neumann, el brasileño que se infiltró en las operaciones cubanas durante el paso de la pareja por el país.

Mercy llegó solo a São Paulo el 16 de febrero de 1966, en esa ocasión como representante de una fábrica mexicana de accesorios de automóvil. Cargando un maletín negro en la mano derecha, su primera misión fue visitar la agencia de viajes República en la región central de la ciudad. Allí se encontró con una mujer con nombre en clave Maria, que concertó los pasajes y el hotel de Tania. Mercy y Maria tuvieron dos o tres encuentros; el cubano la describe solamente como «una mujer solícita». Tenía veintiocho años, era soltera y hoy sabemos que su verdadero nombre era Verônica Neumann. Se trasladó de Rio Grande do Sul a São Paulo para estudiar, recibía una suma mensual de sus padres para el alquiler y la manutención y vivía en un apartamento de dos habitaciones con su hermano pequeño, Paulo.

Maria había pasado un período de adiestramiento en Cuba y, en la época en que Mercy la visitó, formaba parte de la llamada célula M3, compuesta por jóvenes brasileños vinculados a Leonel Brizola, que respondían directamente al servicio de inteligencia cubano. Hoy sabemos que el político sureño encubría esas misiones en el país y, a cambio, el gobierno de La Habana proporcionaba armas y adiestramiento a los militantes de su partido. El acuerdo, firmado durante el Congreso del Partido Comunista Uruguayo en agosto de 1965 en Montevideo, donde Brizola vivía exiliado, formaba parte de una estrategia superior, que incluía la creación de dos focos guerrilleros en Brasil (en Mato Grosso y en la sierra del Caparaó, entre Minas Gerais y Espírito Santo) y el intercambio con otros grupos revolucionarios en América Latina.

Maria presentó a su hermano a Mercy. Él mismo propuso que trabajara para ellos de conductor mientras estuvieran en São Paulo. El encuentro de ambos sólo se ha comprobado recientemente, con la divulgación del interrogatorio a João Batista. Cuando se le insta a contar cómo se implicó inicialmente con los cubanos, afirma que vio a Mercy por primera vez en la agencia de viajes. «No nos saludamos, pero volvimos a encontrarnos después, cuando mi hermana me pidió que los guiara por la ciudad», dice. «[Mi hermana y yo] estábamos muy unidos y, aunque sus operaciones fueran secretas, Verônica me lo contaba todo. Me habló con detalle del funcionamiento de la célula. Por eso lo sabía. Ella confiaba en mí, y yo lo sabía.»

El 26 de febrero de 1966, João Batista los esperaba frente al Hotel Handais, situado en el centro de São Paulo. Mercy y Tania cruzaron las puertas de cristal discutiendo «como si fueran un matrimonio», recuerda el brasileño. Primero los llevó en coche a una inmobiliaria. Mercy quería salir de la ciudad, había visto en el periódico el anuncio de una casa de veraneo de dos habitaciones en la playa de Itararé, a precio de temporada baja. Como La Habana ordenaba que desaparecieran durante unos días, hasta que estuviera listo el nuevo pasaporte, decidió que lo mejor sería pasar un tiempo en el litoral, bajo la identidad de marido y mujer. João Batista recuerda que el agente vivía preocupado. «Tenía miedo de que la policía lo detuviera, de parecer sospechoso, me pidió varias veces que confirmara si los documentos del coche estaban al día.» En cuanto a Tania, según él, «pasaba largos ratos quieta, y tenía una mirada penetrante, con la que conseguía que cualquiera hiciese lo que ella quisiera». Después de la inmobiliaria fueron a unos grandes almacenes, ya que, según Mercy, «teníamos que comprar ropa adecuada, de turistas». Mientras Tania elaboraba una lista de la compra, preguntó a João Batista qué le parecían las playas brasileñas.

—Ah, son bonitas.

—Pero estoy segura de que no pueden compararse a las cubanas.

El matrimonio volvió a discutir en la sección de moda femenina. Tania separó unos cuantos bikinis, Mercy opinó que eran demasiado escotados o coloridos. La alemana fingió no darle importancia; lo dejó hablando solo, pasó por delante de João Batista, que los seguía de cerca, y desapareció en los probadores. Cuando salió, Mercy la esperaba. Discutieron en voz baja, inclinados entre los percheros. Minutos después, tuvieron una disputa sobre los estampados de las faldas que ella retiraba de las perchas. «Busca algo mejor: tienes que vestirte como una mujer respetable.» Tania levantó la voz para decir que escogía por el precio, que necesitaban ahorrar y que aquella postura pequeñoburguesa no lo llevaría a ninguna parte. Mercy salió de la sección femenina, pero, según João Batista, volvió a los pocos minutos con ánimo de discutir otra vez. En el informe, el cubano hace un largo discurso sobre la parsimonia de la agente en el momento de hacer las compras. «Debo informar que Tania quizás ha querido ahorrar demasiado y he tenido que obligarla a comprar ropa de mejor calidad. Cada vez que ha adquirido nuevas vestimentas, lo ha hecho porque yo se lo he pedido, pero siempre intentaba comprar las más baratas y simples», escribe él. «Yo trataba de provocarla diciéndole "no eres ahorradora, eres tacaña. Trata de gastarte el dinero en ropa presentable; no sólo te durará más, sino que te sentará mejor".»

Comieron en una cafetería próxima y, en el momento de pagar la cuenta, Mercy fue al baño. Al volver a la mesa, Tania se quejó en voz alta, dijo que él ahorraba sus dólares para «quedar bien con los jefes», mientras que ella, que había economizado admirablemente en La Paz y «había pasado privaciones», se veía obligada a pagar los gastos. El agente le pidió que no gritara tanto, que estaban en un lugar público. Tania se rió como si lo desafiara, tiró el dinero sobre la mesa y se retiró. «No hablaron más durante el resto del día. Tania me daba conversación, a veces me rozaba levemente el brazo y sonreía como si Mercy no estuviera allí», dice el brasileño.

Días después, en el viaje hacia el litoral, João Batista parecía más desinhibido y hablaba más a pesar de las miradas del cubano, que iba en el asiento de atrás con los brazos cruzados y un gesto severo que se revelaba con la luz de cada farola bajo la que pasaban. La alemana llevaba un conjunto de rayas azules y blancas con un ancla estampada en el pecho (al fin y al cabo, iba a la playa); el calor de la noche era sofocante, apoyaba el codo en la ventana abierta, el cabello se le agitaba y enroscaba, a veces se lo arreglaba recogiéndoselo atrás, pero al instante se le volvía a soltar por el viento. Tal vez con la intención de conquistarla, mientras descendían de la sierra, el brasileño se inventó que era miembro de la célula y que se había entrenado en Cuba, dando detalles de las marchas forzadas y la poca comida, de los buenos amigos que había hecho y de los ataques simulados, cuando en realidad sólo repetía lo que le había contado su hermana a su regreso de la isla (porque ella sí que era una combatiente). Gracias a esta bravata lucharía en la guerrilla de Bolivia, si bien con graves consecuencias. En torno a la medianoche llegaron a Itararé. Cuando se despidieron en la puerta de la casa, Tania le apretó la mano con fuerza y le acarició el brazo con los dedos. Al ver aquello, Mercy entró con las maletas sin despedirse. Ella todavía sonrió antes de desaparecer en la cocina. «Piensen», dirá João Batista a los interrogadores, «que en aquel momento todo parecía natural; pensé que por un instante ella podía tener algún interés en mí».

Tania se despierta con otro día nublado. Por la mañana vuelven a pasear por la arena bajo nubes cargadas, se hablan poco, hacen la compra en el mercado. Mercy insiste en que vuelvan a casa enseguida. Aunque Tania sabe que el brasileño acudirá a buscarlos en unas pocas semanas, pregunta a Mercy cuánto tiempo más tendrán que pasar allí. Éste ocupa las horas redactando informes, preparando actividades que realizar durante el día: quiere acabar cuanto antes. Ella se deja caer en el sofá, hojea las mismas revistas y las tira a un lado con enfado. Comenta que necesitan revistas nuevas.

4.

Hace quince días que están en la playa, y Tania echa en falta el acordeón. Se libra de una crisis más seria cuando reciben instrucciones de La Habana. Mercy debe volver a Cuba dentro de dos días. En cuanto a Tania, tan pronto reciba el pasaporte, deberá viajar a Praga a fin de encontrarse con el agente Ariel para tomar nuevas decisiones. Mercy conoce a Ariel: es un funcionario ambicioso que ha ascendido deprisa en el escalafón de la inteligencia cubana. En Europa del Este, la alemana será evaluada antes de regresar a Bolivia. Mercy está seguro de que Ariel descubrirá que el adiestramiento ha sido una farsa. Durante esos días en la playa no han hecho casi nada; no han salido de casa, han ido sólo una vez a la ciudad, cuando ya no soportaban la lluvia después de tres días seguidos. Un día, el agente se fija en un librito hinchado por la humedad, en el borde del sofá, y que él mismo compró de ocasión en un quiosco: en la portada aparece una mujer insinuante, espía de múltiples identidades. Con las manos en la cintura dice que necesitan recuperar el tiempo perdido. A pesar de las clases teóricas en Cuba, Tania tiene dificultades para instalar un radiotransmisor en una antena de televisión; no sabe muy bien cómo abrir una caja fuerte, ni domina la técnica de cifras y tinta invisible. También ha engordado algunos kilos y duerme más de lo que debiera. El cubano escribe que «dedicamos este último día a recapitular las lecciones y no desperdiciamos ni siquiera un minuto».

João Batista aparece a la hora de comer para recogerlos; están dormidos en el salón, hay papeles esparcidos por la mesa, por el suelo. Durante el viaje también dan una cabezada en el coche. Al día siguiente, el brasileño y su hermana pasan por el Hotel Handais para llevarlos al aeropuerto. Maria entrega a Tania el pasaporte y un billete para Roma. Desde allí irá hasta Viena, donde cogerá un tren a Praga. El itinerario de Mercy incluye Montevideo, Ciudad de Panamá, Caracas y, por último, La Habana.

Una vez solos en el vestíbulo del aeropuerto, los agentes toman un último café y Tania compra al cubano «su dulce favorito» (por desgracia no sabemos cuál). Según su informe, la despedida es emotiva. Ella está nerviosa por el nuevo pasaporte, ya que al parecer hay errores ortográficos en los sellos de inmigración, y Mercy trata de tranquilizarla. Al oír el anuncio del vuelo a Montevideo, se dirigen al área de embarque. Se abrazan, Tania dice que volverán a encontrarse si la causa triunfa. «Con los ojos llenos de lágrimas, me susurró al oído, delante de todos: "Te estoy muy agradecida por lo que me has enseñado y por haber soportado mis cambios de humor. He aprendido mucho contigo". Y, sin soltarme la mano, añadió: "Patria o muerte".» Antes de pasar por la Policía Federal, Mercy se vuelve para mirarla una vez más; quiere localizarla entre la gente que se despide, pero ya no la encuentra.

Volvemos a encontrar a Tania a finales de abril de 1966 en una pequeña propiedad de los alrededores de Praga. En los días anteriores, se ha reunido con el agente Ariel y ha pasado interrogatorios de hasta once horas seguidas, en los que ha informado con detalle de sus actividades en Bolivia y Brasil. Muchas de esas transcripciones han salido a la luz recientemente, y en ellas se oye a una agente desinhibida que ríe ante el micrófono y responde a las preguntas sin vacilar. Resulta sorprendente que el agente cubano no la reprenda en ningún momento. Algunos biógrafos afirman que es posible que lo sedujera, como había hecho con tantos otros, y que esas cintas no sean más que discursos ensayados para convencer al gobierno de La Habana; pero no hay documentos que corroboren esta versión. En las cintas, Tania se muestra como una mujer dedicada a la misión y cabe suponer que ha asimilado las tareas, pese al deficiente adiestramiento de Mercy. Según Ulises Estrada, que escribió muy poco sobre este período, a Ariel le pareció una «combatiente madura, forjada en las luchas revolucionarias», que poseía «la dulzura que toda mujer puede ofrecer cuando se entrega a una causa».

Ni siquiera hoy sabemos qué hizo ni por dónde pasó la agente alemana, aparte de esos días en la casa de campo. Era una propiedad de tres viviendas de madera con calefacción intermitente, rodeada de un bosque de pinos, poco visible desde la carretera. Años antes, el régimen soviético la había cedido y, como estaba desocupada, La Habana se la propuso a Guevara como un sitio seguro donde articular la operación de Bolivia. Informalmente, los cubanos llamaban al lugar «el chalé suizo»; se comentaba que sus paredes tenían tantos agujeros para escuchas que parecían lonchas de gruyère. Un dignatario cubano que visitó la casa contó más tarde que las conversaciones importantes siempre se mantenían fuera, «caminando por la nieve y con un frío de mil demonios». Tampoco podemos decir si Tania y Guevara se encontraron en ese refugio, a pesar de que algunos biógrafos insisten en que sí, que allí mantuvieron un romance, que sólo se interrumpió con la visita de Aleida March, su esposa, que pasó una semana en Checoslovaquia para ayudarlo a superar la melancolía que le afectaba.

Ahora bien, existe una prueba que sostiene ese supuesto adulterio. Al salir de Dar es Salaam, el Che iba acompañado de Ulises Estrada, su inseparable secretario. Durante los primeros días en Praga, Ulises se dedicó a hacer compras, recibir visitas y organizar el día a día en la propiedad. Cuando Guevara sufrió una intoxicación por consumir medicamentos soviéticos antiasmáticos caducados,

Ulises fue el único que no lo abandonó ni un solo instante, y quien lo obligó también a reemprender los primeros paseos por el bosque helado. Pero su dedicación no le sirvió para nada: en cuanto el Che mejoró, decidió despacharlo a Cuba. En su libro, Ulises escribe que «mi apariencia, particularmente mi piel oscura y mi cabello, llamaba la atención de los checos, ya fueran los empleados o los clientes de los restaurantes en los que a veces comíamos». Pero la presencia de otros negros en la propiedad, entre los que se cuenta Pombo, el guardaespaldas del Che, invalida su disculpa. Ulises y Guevara pasaron mucho tiempo juntos y es probable que el comandante conociera su relación con Tania. Sin el subalterno, el camino quedaba libre. «Como ponía en riesgo la presencia clandestina del Che en Praga, decidió, a finales de marzo, enviarme de vuelta a La Habana.»

A principios de abril, Guevara se encontró con Manuel Piñeiro, dirigente del servicio de inteligencia cubano, que le transmitió informes sobre el desarrollo de la Operación Fantasma. Recibió también la visita de los médicos personales de Fidel Castro, que le aconsejaron una buena alimentación y ejercicios («está postrado, duerme más de doce horas al día y come poco», escribieron en una primera comunicación telegráfica a La Habana). Sus hombres más próximos, que habían luchado a su lado en el Congo, también circulaban por la propiedad. «La cuestión es que todas esas visitas, maniobras y promesas empezaron a conformar el marco de la expedición del Che en Bolivia. Todos —Aleida, Fidel Castro, Manuel Piñeiro, los auxiliares habituales del Che, sus amigos, Tania— se empeñaron en forjar una alternativa a la operación en Argentina y convencerlo de que era conveniente», escribe un biógrafo.

Cuando el Che se decide al fin, es como si nadie le hubiera dicho nunca nada. Anuncia que ha tenido una idea propia: ha escogido Bolivia como foco inicial para la revolución; desde allí extenderá luego la guerrilla a otros países. A partir de entonces, los acontecimientos adquieren rumbo propio. Al visitarlo por segunda vez, Manuel Piñeiro le garantiza que él coordinará personalmente la operación. Pero Piñeiro es un hombre ocupado que participa en acciones en América Central, Europa y África. Se limita a volver a enviar a Mercy a Brasil con la misión de recibir a los futuros combatientes y facilitar su desplazamiento a Bolivia. Piñeiro ordena la impresión de documentos falsificados para que los hombres del Che viajen hasta São Paulo y, de allí, a Santa Cruz, pero no interviene directamente en las actividades ni cede más agentes a la operación. Hoy existe la sospecha de que Piñeiro no aprobaba del todo la forma en que se conducía la misión y procuraba no involucrarse, ya que no quería asumir responsabilidades en caso de catástrofe (y, como se verá, en esta novela las catástrofes se acumulan).

Mercy viaja como empresario del sector hotelero. Al llegar a São Paulo, se le informa de que será el ayudante de Papi, brazo derecho de Guevara. En su primer informe, reclama a La Habana. No se entiende con aquel cubano de no más de treinta años, parlanchín, a quien le gusta llevar gafas de sol, chaquetas de cuero y camisas de seda. Que no tiene inclinación por la lucha armada ni paciencia para los servicios de inteligencia. Papi, a su vez, al escribir a Guevara a Praga, dice que Mercy es «un sujeto inseguro y nervioso [...] No es capaz de hacer nada solo, ni de controlar el dinero». Ordena al agente que busque una casa en los alrededores de São Paulo para recibir a los guerrilleros, y Mercy, que no viaja solo, recluta a João Batista para acompañarlo. Visitan São Bernardo, Santo André, Piraporinha, Franco da Rocha, Suzano. Siempre que tiene que hablar con caseros o propietarios, Mercy se amilana: teme que lo identifiquen por el acento. De este modo, el brasileño va asumiendo gradualmente la búsqueda del inmueble; discute con agentes inmobiliarios, negocia precios.

En la primera reunión que él y su hermana tienen con Papi, se ganan su confianza. Según el brasileño, el emisario de Guevara era «un chaval regordete y de pies pequeños», que «parecía más interesado en mirar a mi hermana que en discutir la operación». Durante todo el primer encuentro, «desautorizaba a Mercy como si tratara con un incompetente». Papi no aprueba ninguna de las opciones inmobiliarias. Mercy y João Batista regresan al campo, pero el cubano se siente presionado, en ocasiones es incluso grosero y, en un informe a La Habana, vuelve a poner en tela de juicio el liderazgo de Papi. «Se complica con bagatelas, perdiendo tiempo y dinero.» Decide que resolverá la cuestión por su cuenta y, contra la recomendación de João Batista, da la entrada del alquiler de una propiedad situada en Arujá. Papi lo obliga a romper el acuerdo. Mercy dice que nadie lo había tratado nunca así, amenaza con abandonar la operación, y discuten. Una semana después, el agente recibe un breve mensaje del Ministerio del Interior en el que se le ordena que regrese a Cuba. «Papi me dio un voto de confianza», dice João Batista. «Creo que tardé una semana, una semana y media, en encontrar una casa de campo en Mogi que pareciera segura.»

Luego Papi se marcha a Santa Cruz, después a La Paz, bajo la identidad de un vendedor de pesticidas. Se pone en contacto con antiguos conocidos del ala joven del Partido Comunista boliviano, entre los que se cuentan los hermanos Inti y Coco Peredo (miembros de una familia tradicional del Alto Beni) y los hermanos Humberto y Jorge Vázquez Viaña, hijos de un científico político de izquierda opositor del gobierno. Papi también se encuentra con Jorge Saldaña, funcionario de segundo escalafón del partido, un hombre barbudo de pelo largo y treinta y pocos años, el nombre más fuerte para encargarse de la naciente red urbana de apoyo a la guerrilla. Al parecer, los encuentros son todo un éxito. Los jóvenes bolivianos, a excepción de Saldaña, habían estudiado dos meses en Cuba y habían recibido clases de ciencias políticas y guerrilla. Por lo tanto, están preparados para el trabajo.

Papi los recluta oficialmente a los cinco en abril de 1966, a espaldas de los dirigentes del partido boliviano. La orden de ser discretos proviene de Guevara. Después del descalabro en el Congo, donde unos jefes alcoholizados malograban el elemento sorpresa, el argentino ha llegado a la conclusión de que, para coordinar una guerrilla, no pueden sufrir interferencias locales. Pese a no conocerlos personalmente, considera perezosos a los comunistas bolivianos. «Yo seré mi propio jefe», dice en Praga a algunos miembros del MININT.

Es probable, sin embargo, que Mario Monje, líder del partido, haya recibido desde el principio noticias sobre los movimientos de Papi. Su informador, el propio Jorge Saldaña, temía que las operaciones cubanas acabaran en agua de borrajas y quería mantener una buena relación con Monje. El dirigente no recibe un plan detallado de las operaciones (de hecho, Saldaña sólo está al corriente de una parte de lo que sucede), pero sospecha acertadamente que los cubanos planean algo serio, de lo cual «no quieren que formemos parte». Se enfurece al descubrir que el emisario cubano ha captado a algunos jóvenes de su partido, y amenaza con expulsarlos. Aun así, no consigue contener la fuga de sus cuadros.

En mayo, Papi envía a Jorge Vázquez Viaña y a los hermanos Peredo dos meses a Cuba, donde se adiestrarán para la guerra de guerrillas. Humberto, el mayor de los Vázquez Viaña, se queda en La Paz para alistar a otros miembros del ala joven del PC. Saldaña se responsabiliza de la red urbana, y para dirigir las finanzas selecciona a Loyola Guzmán, una muchacha menuda de veinticuatro años, estudiante de Filosofía en la Universidad Mayor de San Andrés. Saldaña era amigo de su padre, un descendiente de indios aimaras que daba clases de Teoría Económica en la Universidad de La Paz antes de que Barrientos le retirara los derechos de ciudadanía. Con todo, Loyola nunca ha manejado cifras.

Papi y los miembros de la recién creada red urbana alquilan dos casas en La Paz para acoger a los guerrilleros. Saldaña informa una vez más a Monje; preocupado por el veloz desarrollo de los acontecimientos, éste redacta una misiva exigiendo explicaciones a La Habana. Pocas semanas después, recibe una llamada de nada más y nada menos que Fidel Castro. El tema de la conversación entre los dos (conversación negada hastà hoy por La Habana) se recoge en el libro de memorias que Monje escribió décadas más tarde. El dirigente cubano afirma que sí, que planean algo en Bolivia, pero sólo como país de paso para «un amigo que quiere volver a su país».

Entretanto, a Bolivia siguen llegando cubanos. Pacho, otro hombre de confianza del Che Guevara, se marcha de la casa de Praga y, después de un largo itinerario, aparece en La Paz a finales de mes. En junio, como último gesto de buena voluntad, Manuel Piñeiro envía al país sudamericano al agente Renán con el objeto de establecer un sistema de comunicación entre la red urbana, el futuro foco guerrillero y La Habana. En julio, jóvenes cubanos escogidos por el Che, la mayoría de los cuales han recibido su bautismo de fuego en Sierra Maestra y el Congo, empiezan a llegar a Bolivia. Son chicos flacos y de brazos delgados que más parecen universitarios que combatientes formados.

Pombo y Tuma, dos guardaespaldas próximos al comandante, forman parte de esa primera leva. Con pasaportes ecuatorianos, salen de Praga la mañana del 14 de julio en un tren con destino a Frankfurt. Llaman la atención por el color de la piel (Tuma es mulato y Pombo, negro) y porque sólo hablan español con un fuerte acento cubano. Al atravesar Checoslovaquia tienen problemas con los visados, que son válidos para viajar en avión, no en tren. En Alemania se ven en apuros durante una cena en un modesto restaurante italiano que hay delante de la estación cuando, desde la mesa de al lado, un dominicano que ha bebido mucho vino les da conversación; al ver que no le hacen caso insiste en que, por aquel acento, sólo pueden ser cubanos.

—¡Coño! Pero ¡si no son de la nacionalidad que dicen ser! ¿Por eso no quieren hablar conmigo? —grita éste de una mesa a la otra—. ¡Sólo les falta llevar pasaporte falso! —y añade, dirigiéndose al camarero—: ¡No sirva nada a estos sinvergüenzas! Son comunistas que se hacen pasar por peruanos.

—Ecuatorianos —responde Pombo mirando fijamente al plato, consciente de que los demás comensales los observan.

Días después tienen previsto embarcarse en un vuelo de la Lufthansa rumbo a Zúrich. Vuelven a ponerse nerviosos cuando cogen el autobús equivocado al aeropuerto y van a parar a una región rural, donde unas campesinas los miran con asombro, por no haber visto nunca a un negro. «Nuestro alemán era básico y teníamos el dinero contado para coger un taxi desde allí», escribe Pombo en su diario. Desde Zúrich vuelan a Dakar, Río de Janeiro y São Paulo, donde João Batista los espera para llevarlos a la casa de campo de Mogi. El brasileño recuerda vagamente su paso por allí. «Se quedaban en la cama la mayor parte del tiempo, totalmente vestidos, mirando el techo. Dormían tardes enteras. Les gustaba ver novelas», contará. «Desconfiaban de todo y me pedían que cocinara cerdo con arroz y frijoles negros, porque les recordaba a Cuba. Pero en aquella época yo sólo sabía hacer huevos revueltos con jamón y queso, que ellos se comían en grandes cantidades.»

Pierden unos cuantos días hasta que obtienen el visado boliviano, y el 21 de julio, un viernes, vuelven al aeropuerto para coger un vuelo de la compañía Cruzeiro do Sul con destino a Santa Cruz. Tienen otro susto cuando la Policía Federal selecciona la mochila de Pombo para registrarla.

—Son libros, señor guardia.

«El policía me miró con desconfianza y llamó a otro agente. Pidió que registraran totalmente mi maleta y dijo que yo era un criollo que quiere quedar bien», escribe Pombo. Y de hecho, la mochila está cargada de manuales de ingeniería agrícola; el volumen de los libros es la mejor forma de encubrir el peso de una pistola Browning con cargador extra y veinte mil dólares escondidos en el fondo falso.

Creen que aterrizarán en Santa Cruz, pero acaban parando en Corumbá, Mato Grosso. En tierra los informan de que los vuelos a Santa Cruz sólo salen los lunes. «Era muy extraño, ya que sabíamos que los demás compañeros habían volado a Bolivia sin hacer escala», escribe Pombo, en vez de reconocer que se equivocaron al comprar el pasaje. «Tratamos de conseguir que la compañía aérea nos pagara el hotel y pensión pero rehusó hacerlo.» Podemos entender por qué tiene tantas dificultades. Sólo tenía veintiséis años, creció en el interior de Cuba, se casó muy joven en su pequeña aldea y tuvo tres hijos. Los viajes internacionales le crean ansiedad, no habla ninguna lengua extranjera, suda y las manos le tiemblan por la pistola que lleva oculta en la mochila. Para agravar la situación, Tuma, su compañero, es reconocidamente lento de raciocinio, y ya habría sido descartado para la guerrilla si no prestara obediencia ciega a Guevara («mi perro guardián», dice el comandante). En el diario, Pombo rememora el viaje al Congo. Su recuerdo quizás aplaca los sinsabores en el campo de batalla, quizás acalla las voces de los negros subordinados que disparaban con los ojos cerrados. Lo único que revela es la aventura de partir hacia África y la facilidad de viajar con otros dieciséis combatientes, ocultos bajo la identidad de estudiantes de Ingeniería, todos con el mismo traje y la misma corbata, riendo en las habitaciones donde se hospedan, temiendo que los agentes de inmigración los interroguen y que dejen traslucir que no saben diferenciar un destornillador de una llave inglesa. En Corumbá las cosas son diferentes. Pombo sólo siente aprensión mientras vaga, indeciso, por el vestíbulo del aeropuerto, y Tuma lo sigue como una sombra. Los llaman unos pasajeros que también están retenidos y que, con las maletas entre las piernas, discuten sobre qué hacer. Si Pombo buscaba alguna aventura en el viaje, tal vez la encuentre gracias a una muchacha boliviana de no más de dieciocho años, piel oscura, cabello negro recogido en una trenza, que está sentada sobre su maleta. Llora, dice que necesita volver a casa, mientras dos monjas brasileñas de mediana edad la consuelan. Pombo, con mucha timidez, se acerca a la muchacha, pero no le dice nada. Esa noche escribe en el diario: «Nos encontramos con una joven boliviana llamada Sara Polo. (Ella es muy linda)».

En el grupo hay también un alemán, representante de una empresa de altos hornos, callado, con el traje abotonado, y un matrimonio brasileño con una niña de cinco años. El marido, según el diario de Pombo, se llama Mario Euclides Cardona, es comerciante y «trata de averiguar si somos contrabandistas». Todos deciden alojarse en el Grand Hotel. El brasileño bautiza al grupo como Confraternidad Latinoamericana y, en la primera y última cena juntos, en un *rodízio* de carne, se preocupa más de la cuenta por la pequeña Sara Polo, sentándose a su lado, pagándole un guaraná, «porque ellos [sus padres] la estaban esperando hacía cuatro días, y estaba muy preocupada». La niña sonríe, deja entrever unos dientecillos oscuros al morder la pajita, la esposa se embriaga en la otra punta de la mesa y Pombo tal vez se da cuenta de que en ningún momento ha tenido ninguna posibilidad con la muchacha boliviana. El desenlace entre ésta y Cardona no debe de ser muy bueno, porque al día siguiente el cubano sólo escribe que «nos invitan a misa, pero decidimos en cambio ir al cine».

El 25 de julio llegan finalmente a Santa Cruz, donde Papi los espera para el viaje en coche hasta La Paz. Se abrazan, intercambian palmaditas en la espalda, Papi cuenta un chiste que Tuma no entiende, pero todos ríen; son amigos desde Sierra Maestra. Al tomar la carretera, Pombo le pasa algunas instrucciones que el Che le ha enviado. Entre otras, la orden de que Tania no debe participar en ningún momento en la red urbana, «porque sus contactos eran muy importantes y no se usarían hasta más adelante». Como quien no quiere la cosa, Papi, que va al volante, dice:

—No, ya es demasiado tarde, *compa*, la alemana ya está implicada.

—¿Cómo?

—La culpa no fue mía, pero ella quería hacer algo y yo no conocía estas recomendaciones..., en fin, que ella se encargó de algunas *cosas*.

Hoy en día sólo sabemos que Papi la buscó en cuanto pudo. Le pidió ayuda para organizar un plan de manutención de las casas, sin decir en ningún momento que las órdenes no venían del Che. Tania, que acababa de volver al país, le dio su apoyo, pero la relación entre ellos fue difícil desde el principio. Entre conocidos, Papi la llamaba «esa potranca», abriendo las manos con un gesto ancho para referirse al tamaño de las caderas. Dio a entender más de una vez que la alemana «era fácil», pero nunca se aprovechó de ello, por la simple razón de no poner en riesgo la misión. En un informe a La Habana, Tania se queja de que Papi la visitaba «en horarios inoportunos, poniendo al descubierto mi falsa identidad» y que en diversas ocasiones «intentó acercarse a mí de una forma sospechosa, forzando abrazos que yo claramente rechazaba». Recibido y archivado por la División G-2 del Ministerio del

Interior, es poco probable que dicho documento llegara a caer en manos de Guevara.

La primera misión de Pombo y Tuma en Bolivia es ayudar a Papi a afianzar alianzas para la guerrilla. El Che transmitió la orden de «hablar superficialmente de nuestro proyecto y procurar saber qué piensan de él las distintas facciones». Primero, los tres muchachos conciertan un encuentro con Mario Monje, con quien hablan de «una extensa operación guerrillera», empezando por Bolivia. Monje escucha en silencio, luego promete reunir a veinte jóvenes para que sean adiestrados en Cuba, «pero necesita más detalles operacionales». Ninguno de los tres sabe que éste está preocupado por tanta actividad; tampoco saben que Fidel le ha dicho que los muchachos sólo «están de paso». Sin embargo, éstos aseguran que están allí para organizar una guerrilla, derribar al gobierno y extender la revolución por América.

El 29 de julio se encuentran con Juan Pablo Chang Navarro, «el Chino», dirigente del Ejército de Liberación Nacional de Perú, grupo que por entonces ya ha adquirido cierta mala fama al implicarse en un confuso proceso de contrabando de armas interceptado por el gobierno peruano. Miope y con la cara achatada, este Mao Tse-Tung de los trópicos vive provisionalmente en La Paz. Huyó de Perú con Eustaquio, su brazo derecho, que le hace las veces de conductor, cocinero y mayordomo. Los muchachos le piden su apoyo para la guerrilla, pero el Chino quiere montar su propia revolución y se niega a participar en cualquier movimiento que tenga a Mario Monje entre los aliados. «Prefiere morir antes que colaborar con aquel fascista», escribe Pombo. Después de una conversación que no conduce a nada hasta las dos de la madrugada, los cubanos concluyen que han llegado a alguna parte. Pombo escribe que «comprendió perfectamente las cosas» y estaría dispuesto a ayudar con hombres y armamento. En realidad, el Chino está descontento con que hayan elegido

Bolivia como foco inicial y sólo quiere ganar tiempo para obtener de los cubanos ayuda para sus propios fines.

Al día siguiente visitan a Moisés Guevara, un indio ceñudo que dirige un sindicato comunista prochino de los mineros de Oruro. «Le proponemos que se una al comando guerrillero que estamos organizando con la idea de formar un frente unido en la lucha contra el imperialismo en Bolivia», indica Pombo. Moisés Guevara pregunta quién más participará; avanza que no piensa aliarse con Mario Monje ni con el Chino, «ese rufián». «Ha dicho que ambos defienden sólo sus intereses y juegan a hurtadillas.» También da a entender que sólo negociará el apoyo a cambio de dinero.

Los muchachos le hablan de sus reuniones a Jorge Saldaña, que a su vez se las describe a Monje. El dirigente los invita a cenar a su casa la noche del 8 de agosto. Trata de averiguar con quién han tratado durante los últimos días, con quién han hablado. Como ninguno de los tres ha oído nada bueno de él, guardan silencio o cambian de tema. «Papi destacó la necesidad de enviar a algunos hombres además de los veinte que ya ha prometido.»

—¿Cuáles veinte? —pregunta Monje.

—Los veinte que habías prometido que...

—¿Prometido? No recuerdo haber prometido nada.

El dirigente boliviano comenta también que su partido ve inconvenientes en la lucha armada y, durante los últimos años, ha adoptado una postura de no agresión, «al estilo de Gandhi». Si toma las armas ahora, podría perjudicarle en las próximas elecciones. Señala que ha pensado ordenar a los miembros del ala joven del PC que dejen de trabajar con los cubanos, «porque nosotros ya no sabemos dónde irá a parar todo esto». Si quieren ayuda, que hablen con el Chino, con Moisés Guevara. Monje les dice claramente que allí no harán nada sin su ayuda; los muchachos ni siquiera le responden. La cena se desarrolla, según Pombo, «en un ambiente pésimo». Cuando salen de su casa, aún están aturdidos con todo lo que Monje sabe. Éste, a su vez, quizá piense que al final no resultará tan difícil participar en el plan que trama Cuba. Pero está equivocado, y sólo se dará cuenta de ello unas semanas después.

5.

A las dos de la tarde de un domingo de septiembre, Mario Monje cierra la verja de la casa de su madre, situada en la periferia de Cochabamba; pide al conductor que lo lleve a la comisión regional del PC, pues debe resolver unos asuntos antes de regresar a La Paz. Se ha atiborrado de pollo con maíz y, al estar cerradas las ventanillas del Toyota, enseguida se duerme.

Despierta quince minutos después, cuando el jeep ya no da sacudidas porque ha tomado la carretera asfaltada del centro de la ciudad. Más tarde, Monje contará que estaba embebido en sus problemas cotidianos y que no prestó atención al movimiento de la Plaza de Armas, por donde pasaban en aquel momento. Por lo tanto, podía no haber reparado en el extranjero, si éste no hubiera lucido un pañuelo amarillo atado al cuello que llamaba la atención a manzanas de distancia.

Al verlo, Monje se endereza en el asiento, apoya las manos en el marco de la ventanilla y pide al conductor que dé otra vuelta a la plaza. Tal vez crea que la somnolencia le ha afectado a la vista.

—Pase muy despacio..., *putamadre...,* la puta que parió..., pase muy despacio...

Él conoce a ese francés que hay sentado entre las mesas frente a una cafetería, con camisa y bermudas de color caqui, que lee el periódico con sus blancas piernas cruzadas. Lleva botas de montañero y gafas de sol y tiene el pelo de color de paja, que le cae en una onda sobre el lado derecho como quien acaba de levantarse. Ese hombre es un sociólogo y activista al que le gusta hacerse llamar

Danton. Se conocieron dos años atrás, en el Primer Congreso de las Américas, que el PC boliviano organizó en La Paz. Danton era el único representante de la Liga de la Juventud Campesina Maoísta Francesa, un grupo radical que éste fundó en París con otros intelectuales de izquierdas. Danton era una figura patética que insistía en dar su opinión sobre cualquier tema y que exigía que los demás entendieran su francés, en el que intercalaba alguna que otra palabra en español. En una ocasión, cuando le llegó el turno de hablar durante una sesión dedicada a «las fronteras del socialismo mundial», se puso de pie con el micrófono en la mano y dio un discurso exaltado; leyendo de unos papeles que había sacado de una bolsa, afirmó, entre aplausos y gritos, que los miembros del PC boliviano no eran más que unos «fantoches al servicio del imperialismo soviético» y que Monje, el dirigente, un tipo «ladino del altiplano». Fue también el principal contrario al documento final y denunció con acierto que Monje y sus asesores lo habían preparado previamente (antes incluso de iniciar los debates) y que «no reflejaba los intereses de aquel congreso».

Un año más tarde, Danton dejó la liga maoísta para escribir ensayos sobre la revolución cubana. Fidel Castro redactó el prólogo de su primer libro, *Revolución en la revolución,* que se lanzó en La Habana. Danton fue recibido como jefe de Estado y estableció lazos con Raúl Castro y el Che Guevara. Monje tiene una copia del libro, ha leído el prólogo. Si el francés está en Bolivia —dirá a algunos conocidos— es porque colabora en alguna misión que le ha encargado Cuba. El conductor le pregunta si quiere que vuelva a pasar por la plaza; Monje le responde que no, que ya ha visto suficiente.

Efectivamente, Cuba envió a Danton a Bolivia, pero no por encargo del Che. El argentino sólo había visto al francés «unas doce veces o menos» y no estaba de acuerdo con algunas de las tesis que defendía en *Revolución en la revolución*. La idea de elegir a Danton surgió de Manuel Piñeiro, y el propio Fidel Castro la respaldó. Ambos consideraban al sociólogo francés un hombre de «fuerte bagaje cultural, con muchos contactos» y «buen conocedor de los problemas y características de América Latina»; era la persona indicada para viajar por Bolivia e identificar las mejores zonas donde instaurar la guerrilla. Esto sugirió Piñeiro a Fidel después de recibir los primeros informes de Renán, su hombre en La Paz. Eran informes preocupantes. Indicaban claramente que los emisarios de Guevara no estaban preparados para «afianzar alianzas» y mucho menos para «decidir el punto de partida de la guerrilla», y que por desgracia «pondrían en riesgo toda la operación».

La misión de Danton no se comunica a Guevara hasta semanas después, cuando vuelve anónimamente a La Habana y se encuentra con los dirigentes cubanos una última vez antes de partir a Bolivia. Si lo hubiera sabido antes, tal vez se habría opuesto. «Confiaba en el trabajo de sus emisarios, y a Piñeiro, le dio a entender que Danton no conocía el país lo suficiente para hacer sugerencias», escribe un biógrafo. Entretanto, el francés prosigue la misión en Bolivia a pesar de no llegar a encontrarse nunca con los muchachos del Che. Mientras él se halla en Cochabamba «recopilando material», como dirá más tarde (volverá a Cuba con una maleta de papeles inútiles), los tres cubanos recorren la región de Oruro, donde acumulan rollos enteros de fotos, visitan propiedades en venta y levantan sospechas. Y mientras éstos recorren el Alto Beni, situado en medio de la selva amazónica, Danton se halla en Oruro, donde se cita con Óscar Zamora, un antiguo conocido al mando de un partido ilegal de maoístas indígenas, que además es enemigo de Monje y del sindicalista Moisés Guevara.

Los tres cubanos averiguan que hay otra persona con la misma misión gracias a Monje, que en una reunión celebrada el 23 de septiembre se queja, según Pombo, de que «[nuestro Gobierno] está estableciendo algún contacto con los fraccionalistas a través del Francés [...]» y que «nosotros desconocíamos la misión del Francés». En vano, Pombo intenta explicar que no conocen ninguna otra misión. Pedirá instrucciones a La Habana, pero el servicio de inteligencia guarda silencio al respecto.

A finales de ese mismo mes, se hallan ante dos posibilidades para establecer el campamento. La primera es claramente la más prometedora, la región del Alto Beni, al noreste de Santa Cruz, región dominada por la selva amazónica, de fauna y flora exuberantes, irrigada por ríos de agua potable. Está poco habitada, es de difícil acceso, y las copas de los árboles tapan cualquier movimiento que se haga en el suelo. Además, la presencia del ejército es mínima.

La segunda región que consideran es montañosa y árida. Alberga un río principal de aguas barrosas con pequeños afluentes, muchos de ellos estacionales. Son hilos de agua que fluyen entre muros de difícil escalada, y el suelo, rico en roca caliza, favorece el crecimiento de arbustos retorcidos y espinosos. Los animales escasean y son de pequeño tamaño. Encuentran una finca que se vende a buen precio, próxima al río Ñancahuazú, entre la serranía de Pirirendas al este y la de Incaguasi al oeste; son regiones de caminos escarpados y poca agua. Al norte, la propiedad colinda con la finca deshabitada de Iripití y, al sur, con «la finca El Pincal, de Ciro Algarañaz, que se dedica a la cría de cerdos», escribe Papi en el informe enviado al Che. El viaje hasta allí desde Santa Cruz, «a través de carreteras sin obstáculos», es de unas doce horas.

Danton está probablemente en Santa Cruz —todavía no ha terminado su análisis de la situación— cuando Monje se reúne en La Paz con Jorge Saldaña y los tres cubanos. Su influencia, por lo que indica el informe de

Papi, es fundamental para que consideren la finca de Ñancahuazú como la mejor opción para la guerrilla. «Los muchachos sólo se acojonaron al hablarles del aislamiento al que estarían sujetos en Alto Beni», contará Monje más tarde en una conversación privada con los miembros del partido. «En ningún momento parecía preocuparles la falta de recursos naturales de Ñancahuazú.» Casualmente, también es el lugar más próximo a la frontera con Argentina, y Monje los quiere lejos de su país.

La versión que Papi relata a Guevara es bien diferente. El tono del informe nos lleva a pensar que la elección proviene únicamente de los cubanos, con la ayuda fundamental «del que redacta el presente documento». Papi proporciona una lista de ventajas, como «la presencia de buena madera» y la «facilidad para desplazarse por las vías de acceso cuando están secas», resalta la proximidad de la región a los «trabajadores de la tierra, [...] comprometidos con cuestiones políticas», pero se olvida de que los mineros y los sindicatos se concentran en la provincia de Oruro, en el otro extremo del país. Con todo, allí no han encontrado todavía ningún terreno que les interese. Papi informa de que «necesitan actuar deprisa», porque el propietario, Remberto Villa, les ha comunicado que hay otro comprador interesado y que no puede mantener el precio por mucho tiempo.

El 2 de octubre, Pombo escribe en el diario que Saldaña ha ido hasta Ñancahuazú para cerrar el trato, «conforme lo ordenado». Pero las decisiones nunca han pasado por el gobierno cubano. Aún hoy, Manuel Piñeiro afirma que no tuvo acceso al informe de Papi (que envió directamente a Guevara) y que no supo hasta mucho después que habían adquirido la finca. Por otra parte, el informe de Danton, terminado demasiado tarde, nunca llegará a manos del argentino. «La burocracia nos venció», dirá el francés más tarde.

Días después de adquirir la finca, Papi vuelve a Cuba para hablar con el Che sobre los progresos de la misión. Pombo y Tuma se desplazan a São Paulo para ultimar los detalles del paso de los otros guerrilleros por la ciudad. A principios de ese mes, João Batista ejerce de coordinador de la casa de Mogi; los cubanos no averiguan sus antecedentes. Ni siquiera le preguntan si conocía los fundamentos de la clandestinidad. «¿Qué hacía yo en esa época?», dirá a los interrogadores. «Continuaba con las clases de historia.» Y añade:

—Pasaba por la casa una o dos veces a la semana para limpiar las habitaciones y pagar al arrendatario, pero la leva de guerrilleros nunca llegaba.

—¿Y hablaba con los emisarios cubanos?

—No. Nunca trataron de averiguar nada sobre mi pasado: consideraban que ya lo habían comprobado todo desde La Habana.

6.

João Batista no había hecho nada digno de mención antes de entrar en la guerrilla y desaparecer. En mayo de 2004, cuando el Departamento de Estado de Estados Unidos puso a disposición del público el interrogatorio del brasileño —lo cual fue la génesis de esta novela—, el periódico *Zero Hora* designó a un periodista recién salido de los programas de adiestramiento para que fuera hasta Caixas do Sul con el fin de entrevistar a los padres de Paulo Neumann. El joven reportero consiguió poca cosa; descubrió, al llamar a la puerta de aquella casita de madera con suelo de cemento pulido, que la señora Bertha Neumann, a los ochenta y uno y con problemas de cataratas, viuda desde hacía doce años, aún sufría cuatro décadas después por la desaparición de sus dos hijos, y que toda aquella divulgación sólo servía para acentuar su dolor. No oía bien y hablaba un portugués difícil, con el que mezclaba el alemán de su tierra natal. En algunos momentos, parecía olvidar el motivo de aquella visita, en el salón, se mostró entusiasmada al enseñarle al periodista tres portarretratos de cuando era joven. En uno aparecía sonriente con un ramo de flores en las manos, y la fotografía tenía una dedicatoria de 1942; en otro, junto a su esposo en Alemania; y en un tercero se la veía vestida de blanco con una cofia de enfermera, un brazalete nazi y la mano derecha extendida en alto. «Aquellos salvajes», dijo, refiriéndose probablemente a los rusos, que «destruyeron mi pequeña ciudad natal». Una sobrina de cincuenta años, que no se había movido hasta ese momento, propuso salir al porche, acaso para impedir que su tía siguiera hablando del pasado. Llevó al reportero una taza de café y, por insistencia de la señora Neumann, unas galletitas rancias que guardaba «para las visitas». La sobrina permaneció callada el resto de la entrevista, con la mirada baja y los brazos cruzados, pero en cuanto la anciana se durmió sobre el bastón, alzó el rostro y afirmó que, a pesar de ser muy pequeña cuando convivió con los hermanos Neumann, recordaba que eran «atentos y ayudaban a los demás». Los vecinos que se agolpaban frente a la casa eran de la misma opinión. Una mujer dijo que recordaba al pequeño Paulo como un «excelente alumno, me ayudaba con las asignaturas más difíciles». Otros rememoraron casos parecidos. Un señor añadió que, desde muy pronto, aquel niño «era especial; insistía en compartir hasta la merienda con los compañeros más pobres». Cuando parecía que se habían agotado las noticias, otro recordó que era muy bondadoso con los animales y tenía la intención de estudiar la carrera de médico «para curar los males del mundo». «¿Como el Che?», preguntó el reportero. «Exactamente.» Satisfecho, el periodista volvió a Porto Alegre con el bloc repleto de anotaciones y, en la edición de aquel mismo domingo, el director del periódico estampó en la columna de la izquierda, en lo alto de la primera página, bajo la palabra EXCLUSIVO y con un título de tres líneas: «La infancia del brasileño que luchó con el Che». A un lado de la página aparecía la famosa foto de João Batista empuñando un rifle, junto a otra clásica del rostro del Che Guevara y, en el ángulo inferior, otra de menor tamaño, de un niño risueño con tupé y los bracitos apoyados sobre un pupitre, junto a un globo terráqueo. Doña Bertha se la había facilitado al reportero, que nunca la devolvió a pesar de prometérselo. Por otra parte, los dos periódicos principales de São Paulo no tienen que hacer ningún esfuerzo para encontrar información sobre el muchacho. Un tal Eusébio Cardoso, supuesto compañero de clase y amigo de Paulo Neumann, se presentó en sus respectivas redacciones, dispuesto a arrojar luz sobre «el brasileño que luchó en la guerrilla». En ambos casos responde prácticamente a las mismas preguntas, que le hacen los periodistas designados para ello y que apenas sabían nada de la historia: cierto, Paulo Neumann, o João Batista, «era un idealista». En los dos años que cursó de Historia en la Pontifícia Universidade Católica no destacó en ninguna disciplina, «leía poco», pero «estaba siempre atento a las actividades estudiantiles; decía que el país sólo se arreglaría a base de fuerza». «También tenía buen aspecto», y «una facilidad increíble con las chicas».

El informe del Departamento de Estado, que sin duda ninguno de esos periodistas leyó, aclara algunos aspectos más sobre el brasileño: en São Paulo, él y su hermana recibían ingresos de sus padres, por lo que cabe esperar que no les hacía falta trabajar para sustentarse. Pero estudiaban poco, ya que Verônica dedicaba su tiempo a la agencia de viajes República, y Paulo casi abandonó la facultad, habiendo cursado sólo dos asignaturas, para atender la casa de Mogi. En el interrogatorio, su postura inicial es desafiante, por lo menos hasta que un coronel boliviano le pega («quiero un representante brasileño» es, seguramente, la frase que le vale un puñetazo en la sien). Hasta aquel momento, el joven se mostraba confiado y tal vez no pensara que iba de cabeza al desastre. Esto queda claro en una de las primeras preguntas que le hacen los interrogadores. «Pero ¿por qué decidiste unirte a la guerrilla?» Neumann responde que seguirá al Che allá donde vaya, que lucha por la derrota del capitalismo. Después de recibir más golpes y percatarse de que tal vez no saldrá de allí con vida, tiene que responder a la misma pregunta otra vez. Es el primer día de interrogatorio.

—Pero ¿por qué te uniste a la guerrilla?

—Una cosa llevó a la otra —responde al fin.

Es una afirmación aparentemente simple, pero que revela más acerca de João Batista que los reportajes que se han realizado sobre él. Una cosa llevó a la otra y, cuando fue a darse cuenta, ese joven idealista se encontraba en una sala cerrada de un hospital militar, ante dos renegados cubanos al servicio de la CIA que lo interrogaban.

7.

El sol empieza a ponerse en el horizonte, un disco anaranjado detrás de los mogotes cubiertos de vegetación en Viñales, Cuba, donde se encuentra la propiedad de San Andrés, una casa de construcción moderna con una amplia fachada de vidrio y una marquesina que se extiende a lo largo de la piscina natural, abastecida por un riachuelo situado justo encima. Dicen que, antes de la revolución castrista, esa propiedad pertenecía al director de la oficina de la CIA en el país, un hombre brutal. Hoy, sin embargo, sólo quedan cristales rotos; el canal que desvía el riachuelo está atascado y la piscina, llena de hojas y agua de lluvia.

Los hombres, sentados en círculo en la azotea de la casa, terminan de tomarse el postre de un banquete que han preparado para celebrar que han terminado la fase de adiestramiento. Todavía no saben qué misión les han asignado ni quién será su comandante. Rebañan las copas de helado de fresa, quince litros que ha comprado Orlando Borrego, veintiocho años, ministro del Azúcar. Hijo de campesinos, se alistó en el Ejército Revolucionario en 1959, unos meses antes de la victoria, y ejerció de ayudante de órdenes de Camilo Cienfuegos y el Che Guevara. No participó directamente en las batallas, pero fue uno de los primeros en entrar en La Habana. Se le confió la dirección del ministerio al sustituir al propio Che, que dejó el cargo antes de que le imputaran el desastre de las últimas cosechas.

Observan los litros de postre que aún quedan sobre la mesa, es mucha cantidad, pero no se atreven a abordar el helado, que se derrite. Lamen las cucharas, miran hacia los lados, a la espera de que alguien tenga el valor para hacerlo. El primero en intentarlo fracasa; es el propio Borrego, el mismo que ha comprado los helados. Una vez más, es humillado delante de todos. Meses antes, a pesar de las súplicas, fue rechazado al escoger a los cuadros para esta misión. Entre los alistados, corre el rumor de que sus superiores, incluido el Che, lo consideran un cobarde. Todos muestran su valor cuando toca disparar, dice el comandante; antes de hacerlo, todo son palabras, y Borrego, murmuran entre ellos, no pasó la prueba. Puede que llegue a ser un buen burócrata, pero nunca un combatiente.

El muchacho se levanta con una sonrisa con la copa vacía y la cuchara en la mano. Antes de llegar a hundirla en la blanda masa de helado, un señor calvo y barrigudo sentado en una silla esquinera lo desautoriza. Éste lleva gafas de pasta, el pelo le crece alrededor de la cabeza como a un fraile entrecano y tiene los ojos verdosos. Lleva un traje gris claro y unas botas de caña corta. A los hombres, se lo han presentado como Adolfo Mena González, economista uruguayo al servicio de la Organización de los Estados Americanos. «Eh, Borrego, tú no te vas a Bolivia. ¿Por qué no dejas el helado a los demás?» Y el joven cubano baja la cuchara mientras los demás se ríen. «Ahora sólo le falta llorar», remata el uruguayo, y eso mismo hace Borrego al volver a su sitio. Se enjuga los ojos y no vuelve a abrir la boca. Las risotadas disminuyen, y los hombres se ponen a cuchichear. Y es que aquel desconocido acaba de decirles que irán a Bolivia.

Aquel señor calvo circuló por las mesas durante la comida, observando a los escogidos como si fueran dignos de burla, y habló aparte con los instructores. Comió con ellos sentado en la cabecera, sin prestar atención a los muchachos que lo observaban, sin valor para preguntarle qué hacía allí. Se llenaba la boca de arroz congrí, masticaba chasqueando la lengua y sin mirar a los lados; apenas había tragado cuando se metía más comida en la boca, gruñendo. Ahora, al final de la tarde, saben que no tendrían que haber preguntado nada al calvo, porque es un hombre importante. El uruguayo está sentado sobre un tocón en la zona de blancos móviles creada para realizar prácticas de tiro, y el cielo a sus espaldas se oscurece rápidamente, manchas anaranjadas que se vuelven violáceas. A su lado, con el brazo apoyado sobre un blanco con circunferencias concéntricas blancas y rojas, está Fidel Castro con un puro en la mano, traje caqui y boina de campaña. Hablan poco, de vez en cuando gesticulan y mueven la cabeza; desde donde están los muchachos, no se los oye. Los mosquitos empiezan a picar, el uruguayo se da una palmada en el pescuezo y se pone el sombrero de fieltro que llevaba en las manos. Cuando Fidel, que ahora da una chupada al puro (la punta brilla en el crepúsculo), dice algo, el uruguayo se levanta agitado, da una vuelta al tocón y responde. Fidel vuelve a apoyar el brazo en el blanco, discuten un poco más, y el calvo se sienta.

En silencio, observan cómo se va difuminando el contorno del horizonte. La despedida es breve. El uruguayo se quita el sombrero de fieltro y se levanta. «Éramos muy contenidos, sólo nos dimos un abrazo de macho, breve», recuerda Fidel Castro. A continuación se dirigen hacia donde están los muchachos; el comandante supremo les desea buena suerte, hace una seña al conductor y los guardias de seguridad, y se marchan. El calvo se queda allí, con las manos en los bolsillos.

Borrego, abandonado en la azotea a oscuras, tal vez esté pensando en hechos pasados. Sólo él ha acompañado a aquel hombre a la silla de barbero del MININT, mientras un «especialista en fisonomía» le arrancaba, uno a uno, los pelos de la cabeza con una pinza, dejando sólo las franjas laterales. En un tirón especialmente doloroso, el hombre no se contuvo y gritó *comemierda*, volvió la cabeza a un lado y lo insultó otra vez. Borrego saltó de la poltrona desde donde seguía la operación y exigió que el *compañero fisonomista* fuera más cuidadoso.

—Borrego, el dolor es mío, no tuyo.

—Sí, comandante.

Y bajó el rostro, incapaz de mirar a los ojos de aquel que adoptaba al poco rato la identidad de Adolfo Mena González.

Borrego está presente la primera vez que ese hombre se dirige a los muchachos, presentándose formalmente como su comandante para la misión que les espera. Deben llamarlo solamente Ramón. Uno de los instructores le pregunta qué le parece el grupo.

—Un hatajo de cagones.

Se quedan con la boca abierta, no saben qué responder. El uruguayo tiene una sonrisa torcida que a algunos les parece familiar. Rubio, viceministro del Azúcar, se levanta al fin y grita:

—¡Carajo, pero si eres tú, Che, cojones!

Todos sonríen al descubrir quién los dirigirá en Bolivia. Convencidos, de repente, de que vencerán, se ponen todos de pie para un último brindis. Durante los días siguientes, ponen en práctica una complicada operación de despiste. Los muchachos anuncian a sus familias que han obtenido becas de estudio en países de Europa oriental; el MININT llega a crear cartas de invitación falsas y a encargar, para cuando vuelvan a Cuba, una lista de regalos típicos que deberán traer en la mochila. Una maniobra minuciosa; años más tarde, un observador dirá que si hubieran puesto el mismo empeño en la organización de la guerrilla propiamente dicha, los resultados no habrían sido tan desastrosos. Pero ya es tarde para hacer nada más y, a través de itinerarios de viaje que los llevan a Europa y a México primero, a Chile y a Brasil después, los jóvenes combatientes se acercan a su destino final.

8.

Existe una fotografía del Che Guevara que se ha mantenido en secreto durante mucho tiempo, que sólo algunos biógrafos han visto y que él mismo se sacó durante su breve paso por La Paz. El hombre al que vemos en la imagen, enmarcado en un espejo de puerta en el Hotel Copacabana, un señor de mediana edad, calvo, con algo en la boca que parece un puro, es difícil de identificar. La máquina al cuello, la lente levemente alzada, y la funda de cuero colgando de las rodillas. Parece que se haya puesto un jersey con prisas: el cuello torcido cubre parte del collar de la camisa. La barriga es pronunciada, pero no se distingue si forma parte del disfraz o si ha comido demasiado durante las últimas semanas. Está sobre una poltrona baja, con semblante concentrado, y las cortinas estampadas de la ventana, de donde viene la luz, ocupan todo el lado izquierdo de la imagen. El hombre de la foto es Adolfo Mena González, economista uruguayo al servicio de la OEA. Le gustaba usar la máquina, se consideraba un buen fotógrafo amateur, en México había llegado a ganar algo de dinero trabajando para una agencia de noticias durante los Juegos Panamericanos de 1955. En todas las expediciones, siempre la llevaba consigo; el aparato registra paso a paso su última labor.

Ese 4 de noviembre de 1966, después de hacerse el autorretrato, sale de la habitación situada en la tercera planta del hotel y, en la recepción, se encuentra con Pombo y Papi. Con ellos está Renán, el agente enviado por Piñeiro. Según la declaración del propio agente, tan pronto salen a la calle el comandante lo agarra del brazo y, delante de los demás, le pide que haga las maletas. «No te quiero por aquí, cabrón, ya has cumplido tu misión.» Cree que los servicios de inteligencia cubanos sólo pueden causarle problemas y quiere hacer las cosas sin injerencias «de aquellos burócratas de mierda», según le dice a Papi. Dejan al agente plantado en la acera y se alejan entre risas. Renán volverá a La Habana dos días después.

Pombo mete las maletas del comandante en un jeep Toyota aparcado cerca del hotel. Pacho va al volante, los llevará a la propiedad recién adquirida de Ñancahuazú. En cuanto el vehículo sale del bulevar, Guevara, sentado en el asiento delantero, se quita las gafas graduadas (pues le molestaban) y se frota los ojos: ya no necesita el disfraz. Le da dos palmaditas a Pacho en los hombros y le pregunta cómo van las cosas. El joven guerrillero se pone nervioso con aquella simpatía inesperada; nunca ha intercambiado más de dos palabras con el comandante. No sabe muy bien qué decir, balbucea, le gustaría hablar de las dificultades del viaje, preguntarle sobre la misión... Cuando por fin abre la boca, el Che vuelve la cabeza hacia atrás y pide a Papi y a Pombo que le informen de cuanto han hecho hasta el momento. Al principio, los muchachos vacilan. Se habían aprendido de memoria lo que iban a contar, pero se enredan con las frases. Enumeran los beneficios de haber comprado la finca, pero no resultan convincentes. Guevara se queda en silencio unos momentos. A continuación, pregunta a Papi cómo fue la reunión con Monje. El cubano aprieta los labios y titubea antes de decir: «¿La reunión con Monje?». «Sí, la reunión con Monje», repite el Che, mirándolo a los ojos. Después de volver de Cuba, Papi se reunió una vez más con el dirigente boliviano con la intención de «facilitar una colaboración con los grupos locales», es decir, de retomar la conversación sobre las alianzas. La cena, sin embargo, no había salido como esperaban. Durante ésta, Mario Monje le preguntó si ya se habían librado del Chino y de Moisés. Irritado con las tergiversaciones de Papi, soltó los cubiertos sobre el plato y, con las venas hinchadas, les dio un ultimátum: si querían hacer algo en Bolivia, tendrían que designarlo como el líder supremo de la guerrilla. Papi respondió, con cierta precipitación, que aquello no sería posible.

—Lo que no es posible es que vengan a mi casa y quieran hacer lo que les venga en gana. Eso sí que no es posible.

—Esto no es su casa —respondió Papi.

Al relatar esta conversación al Che, altera un poco los hechos, dice que Monje estaba nervioso, que «no decía más que disparates», cuando en realidad ocurrió lo contrario. Pombo, que va sentado a su lado en el Toyota y lo oye todo en silencio, da algunas pistas en su diario. El acceso de furia del boliviano les había impresionado mucho, Monje gritaba «y hacía lo que quería, mientras Papi se mantenía callado y sudaba», escribe.

—Usted tiene la culpa de todos los malentendidos —gritó Monje.

—Yo no. La culpa es suya —respondió Papi.

—La culpa es suya.

—No, es suya.

—La historia juzgará quién tiene la culpa.

—Eso: la historia juzgará quién tiene la culpa.

—La historia no se equivoca.

—No se equivoca, no, por eso sentenciará al culpable.

—No, la historia juzgará: ustedes tienen la culpa. Ustedes sucumbirán.

—No, no, la culpa es suya. Usted sucumbirá.

Pasaron de hablar de la historia a hablar de la honra, de la honra a la hombría, de la hombría al dinero. Monje insistió en que se asignaran mil dólares mensuales a cada boliviano empleado en la guerrilla. Papi dijo que no estaba autorizado para hablar de dinero. Monje se rió, le preguntó si tenía permiso para hablar de algo, ya que por lo visto no hacía nada. Papi dijo que sí, que tenía permiso, pero no estaba autorizado a hablar de aquello en aquel momento. «Usted no sirve para nada; hablaré con su jefe», dijo Monje, y la discusión entró en una nueva espiral. Al relatar la discusión a Guevara en el jeep que los lleva a Ñancahuazú, Papi le proporciona más información.

—Monje estaba tenso, dijo que ya no quería seguir ayudando, yo lo presioné, no decía nada coherente.

—¿Y la cosa quedó así? —pregunta el Che, volviendo a mirar al camino.

—Así quedó.

Silencio durante unos minutos más, hasta que el comandante se vuelve otra vez y pregunta por las operaciones para recibir a los guerrilleros. Pombo y Papi evitan decirle que Tania se ha involucrado formalmente pese a la orden de hacer lo contrario. Detallan las funciones de la estructura urbana —con Saldaña, Vázquez Viaña y Loyola Guzmán— y mencionan por primera vez a João Batista. Puesto que se las supo ingeniar en São Paulo, Papi lo convocó a Bolivia. «¿Es un hombre de confianza?», pregunta el comandante. «De la célula M3», responde Papi.

El brasileño está en La Paz, a cargo de uno de los inmuebles, en un edificio de tres plantas en la calle Figueroa, y se siente solo, discriminado por los cubanos, «que me trataban como un empleaducho cualquiera», dirá más tarde. Fue a Bolivia desde Brasil en autobús, durmió en los bancos de las plazas y comió mal, pues según cuenta a los interrogadores, Papi le había dado poco dinero para el viaje. También comenta que su hermana no sabía nada. Decidió no avisarla al partir, por temor a que hablara con los verdaderos miembros de la M3. «Llamé una vez», dirá, «en cuanto llegué a Santa Cruz [...] Le dije que estaba bien, que no sabía cuándo volvería, le di pocos detalles; ella parecía preocupada. Fue la última vez que hablamos». Es la última declaración de su primer día de interrogatorio;

tal vez el agotamiento y el dolor corporal le impidieron continuar. Debió de dormir poco en la habitación del hospital militar donde estaba detenido y, a la mañana siguiente, volvía a estar en la sala de tortura. Por la transcripción de las cintas, el brasileño parece confuso, y tarda en recordar lo que dijo el día anterior.

—¿Por qué te trataban mal?

—¿Quiénes?

—Los cubanos. Dijiste que te trataban como un «empleaducho» —dice uno de los interrogadores, probablemente leyendo de un bloc de notas.

João Batista se acuerda de los peores momentos en aquel apartamento, donde lo obligaban a cocinar, a limpiar unas habitaciones que siempre estaban mugrientas, donde los hombres que estaban de paso y acudían allí a refugiarse lo trataban con desconsideración. Se acuerda especialmente de Marcos, el mayor del grupo, con las sienes canosas, bolsas oscuras bajo los ojos y voz ronca. Tenía el corpachón de quien se ha habituado al trabajo de oficina y, según le habían contado, era oficial de carrera, miembro del Comité Central de La Habana. Pero en la guerrilla eso de nada valía; por orden de Guevara, los voluntarios perdían las patentes; en la selva, todos serían iguales, sólo ascenderían por méritos. Obviamente, Marcos no se tomaba aquello en serio; lo consideraba simple cháchara para arengar a los cadetes, y confiaba en convertirse, durante los primeros días y de manera natural, en el brazo derecho del Che. Por ello siempre que podía se adjudicaba a sí mismo el cargo de jefe, y los muchachos, acostumbrados a prestar obediencia, acataban sus órdenes sin rechistar. En una ocasión, Marcos tiró un plato de arroz congrí contra João Batista alegando que nunca había comido nada tan malo en su vida. Y probablemente tenía razón. Como el brasileño se mostraba confuso y era incapaz de cocinar nada mejor, lo obligaron a pasar por «situaciones humillantes delante de todos».

—¿Qué situaciones? ¿Podrías especificar?

—Tuve que comerme lo que se había esparcido por el suelo. Sólo me permitirían comer aquello mientras no aprendiera a hacer un buen arroz congrí.

—¿Y tú qué hiciste?

—Comer.

—¿Del suelo?

—Sí, del suelo. Los demás guerrilleros, que yo creía que se pondrían de mi parte, se rieron.

—¿Y aun así te quedaste con ellos? —dice uno de los interrogadores.

En efecto, se quedó con ellos. João Batista comenta que pensó en huir, pero tenía miedo de que lo cogieran y lo castigaran. «Llegaron a amenazarme de muerte si desertaba», afirma, pero sin dar nombres. Sólo eso lo mantuvo allí; por entonces —según dirá a los interrogadores— aún no sabía que el comandante de la operación era el Che Guevara. «Sólo hablaban de un tal Ramón —que si Ramón esto, que si Ramón aquello—, que en breve estaría con ellos en la selva.»

Tania administra el otro inmueble, una casa en la zona residencial de Quillacollo. Benigno, otro de los hombres de confianza del Che, nos proporciona un largo relato de su paso por allí, camino de la selva. Tiene veintisiete años, es estrábico y medio analfabeto, y autor de un diario de tono épico que trasluce plagio de otros documentos. Los biógrafos no acostumbran a recurrir a su diario (publicado por primera vez en la década de 1990 con un estilo levemente retocado) por no considerarlo una fuente de información fiable. Benigno aterriza en La Paz el 12 de noviembre de 1966; coge un taxi en el aeropuerto internacional y se dirige a la casa de la calle Caballero Hurtado, una construcción de planta baja de dos habitaciones con un pequeño jardín en la parte trasera, donde

Tania «intentaba cultivar un huerto sin grandes resultados», escribe aquél. Se impresiona al conocer a la alemana, una mujer de «manos grandes», piel clara y ojos verdes, belleza fuera de lo común, a pesar de que las fotos no le hacían justicia. «Nuestra querida compañera era realmente bella, pero no muy fotogénica.» En la casa hay otros tres guerrilleros que llegaron días antes: Moro, el médico del grupo, treinta y un años, oficial de carrera de las fuerzas armadas de Cuba; Alejandro, veintinueve años, viceministro del Che en la época en que dirigía el Ministerio de Economía; y Arturo, veinticinco años, el hermano más pequeño de Papi, joven tímido e inexperto. Se pasan el día en un cuarto al fondo de la casa, acomodados en colchonetas, escuchando radionovelas en un viejo aparato que hay sobre la cómoda. «Se sabían de memoria los nombres de los personajes de los tres programas principales y discutían los dilemas de cada uno, exaltándose muchas veces por encima de lo tolerable», escribe Benigno. Tania no pasa todo el tiempo allí, pues debe seguir con las clases de alemán y los estudios de folclore. Además, atraviesa una fase difícil con Mariucho, que se niega a firmar los papeles de divorcio. Ha dejado la facultad, está a punto de ser desahuciado y «me persigue por todas partes, porque cree que tengo un amante», comenta Tania. Su padre, que se ha enterado de todo, amenaza con ir a La Paz para «desenmascarar a la gandula», dice ésta con una sonrisa en los labios. En esas ocasiones en que no puede pasar por Quillacollo, envía a João Batista en su lugar. Éste acumula el trabajo de los dos inmuebles sin poder quejarse del cansancio ni del maltrato. Según Benigno, el brasileño «es un muchacho solitario». En dos o tres ocasiones, la alemana lo trata con aspereza. Una noche, João Batista interrumpe una conversación que sostienen los guerrilleros sobre misiones pasadas, comentando que él también ha participado en algunas en Brasil. «Moro se rió, dijo que el chaval exageraba o mentía, y discutieron.»

Cuando Tania está con los cubanos, habla alto y arranca sonrisas con sus bromas groseras. La víspera de la partida de los cuatro muchachos a la casa de Ñancahuazú, se ofrece a preparar un plato de arroz congrí como despedida. Trae una botella de aguardiente, los muchachos se entusiasman con la conversación, sueltan carcajadas y levantan la voz al recordar anécdotas de la guerrilla. Tania aparece por la puerta de la cocina con un trapo sobre el hombro, y les ordena: «¡Hablen más bajo, comemierdas! En la selva podrán gritar lo que quieran, pero aquí no». Tira el trapo a un lado, toma un trago de aguardiente a morro y, al poco rato, vuelve a estar riéndose con ellos en el salón. De la cocina viene olor a quemado y sale humo. Tania salta del sofá, injuriando «con la misma palabrería vulgar del Che», escribe Benigno. Corre a la cocina, pero no consigue salvar la cena. A continuación sale a comprar pollos asados y vuelve con botellas de cerveza.

A las dos de la mañana, borrachos, se van a dormir, repartiéndose entre la habitación y la sala; quedan pocas horas para partir. Tania se niega a quedarse con la única cama a pesar de la insistencia de los hombres; dice que ellos tienen más derecho, porque en breve estarán combatiendo. Se instala en uno de los sofás de la sala, vuelve a entrar a la habitación, mientras se desabrocha la blusa. Los muchachos se ríen sin saber qué decir y bajan la vista al suelo cuando la joven se quita los pantalones en el baño, habiéndose dejado la puerta abierta. Luego sale vestida solamente con una camiseta y unas braguitas de color champán; tiene las piernas gruesas con manchas amoratadas. «Ahora ya no os podréis quejar de que nunca habéis dormido con una mujer.»

Según Benigno, el viaje a Ñancahuazú lleva tres días. «Subimos al Toyota a las cuatro de la mañana, y Papi nos llevó a conocer un poco La Paz. Luego fuimos a una casa de la periferia para recoger a tres bolivianos: Benjamín, Camba y Ñato», escribe. Paran a pocos metros de la casita de Geraldina Jiménez Bazán, madre de Benjamín, un niño delgado de diecisiete años. Hay otro Toyota aparcado enfrente; Coco, el conductor, está apoyado contra un lado del vehículo, y los demás hombres lo rodean. Se queja de que hace más de media hora que los está esperando. La mujer de la casita, con una cafetera en la mano, está quieta junto a Ñato. Se ha identificado desde el principio con ese indio callado y robusto que, al igual que ella, habla un quechua fluido. Al ver que están a punto de partir, pide con la voz empañada que «cuide de mi hijito, nunca ha dormido tanto tiempo fuera de casa». Ñato asiente, se toma el café de un trago y mira al niño, que está sentado en los escalones de la entrada con mirada somnolienta. El niño lleva su mejor ropa: pantalón de lino y chanclas, y una camisa bien planchada. No sabemos por qué se alistó. Se cree que Saldaña y su red urbana ofrecieron dinero a las familias más pobres, hipótesis que hasta hoy no se ha comprobado.

Coco está inquieto, habla mucho, incluso a aquellas horas de la mañana. Benigno lo describe como un muchacho «entusiasmado» que, sin embargo, carece del físico de un combatiente. «Tenía la cabeza demasiado grande para un cuerpo tan delgado.» Alejandro sugiere que los cubanos y los bolivianos empiecen a conocerse mejor cuanto antes, «porque somos hermanos de sangre con un mismo ideal». Cada uno de ellos debe decir su nombre en clave, la región de la que proviene y por qué se ha unido a la guerrilla. Papi, el líder, es el primero en hacerlo. Todos los demás repetirán, con pequeñas variaciones, la misma alusión a la libertad de los pueblos y el sacrificio por la revolución. Cuando le toca a Benjamín, ya han perdido el interés, y se reparten entre los dos jeeps antes de que haya terminado.

Inician el viaje en plena mañana. La carretera, según Benigno, «es muy hermosa y atraviesa el inmenso altiplano, donde se encuentran las montañas más altas del mundo». Sus ojos se deleitan con el paisaje, de «paredes cubiertas de un espeso bosque hasta arriba del todo, con tremendos contrafuertes que se alzan en vertical y con laderas de granito puro, formidables montañas rusas para solaz de titanes», escribe, emulando a los exploradores europeos del siglo xix. Ve cabañas de barro, indios en harapos, pero «honrados y hermosos», echados en la entrada de las casas, inconscientes, con la botella vacía en las manos. «Algunas cabras de manchas claras y barbas negras me traían recuerdos de África», pero «el ganado bovino constituye un espectáculo penoso, y está comido por la larva blanca del tse-tse autóctono». Explica que los indios se hallan en esa situación «de hombres separados bruscamente de la naturaleza» porque los americanos, «sentados cómodamente en sus casas, los explotan constantemente». Sólo sobreviven a la miseria porque «parecen estar hechos para el trabajo y, para ellos, éste es el mejor de los mundos posibles», remata Benigno, cual Pangloss de la lucha armada.

Al mediodía paran en un restaurante de carretera que sirve un menú que consiste en pollo, arroz y patatas. Una indita «tímida, pero hermosa y con una amplia sonrisa» deja sobre la mesa una cesta de panes y una crema rosada que a Benigno le parece paté. «Unté bien el pan con mucha crema y la niña me miraba con la boca abierta, esperando a que diera el primer bocado.» Se trataba de una pasta de llajua, un fuerte pimiento boliviano. «Se echó a reír en cuanto vio que me ponía rojo, con los ojos llenos de lágrimas, y buscaba agua.»

Al final de la comida, Papi reúne las pocas sobras en un recipiente de aluminio y al salir del restaurante en el primer Toyota se detiene en el arcén, extiende el brazo por la ventanilla y se lo da a un niño con las costillas marcadas, que se había acercado corriendo para pedirles dinero. Viendo el gesto de decepción del niño, Papi le dice que no se preocupe: «Dentro de poco no tendrás que seguir mendigando».

—Que Dios se lo pague con creces, taita —dice el niño tomando el envase con una mirada vacilante.

—Dios no es quien debe ayudarte, sino tú a ti mismo. Prométeme una cosa: cuando seas mayor, coge un fusil para que no te roben nunca más.

—Sí, taita. Un fusil.

—¿De acuerdo?

—Lo que usted diga, taita.

Aceleran. En el diario, Benigno celebra el candor del niño. Pero por el retrovisor parece que lo ven tirar la comida al arcén y correr al segundo Toyota, con Coco al volante.

El viaje prosigue. La primera noche llegan a Cochabamba. «Es una ciudad larga y hermosa, esparcida, construida con irregularidad, que se extiende a lo largo de un kilómetro y medio sobre la montaña.» Benigno se muestra como un eximio observador de lugares turísticos. «A las puertas de la ciudad, volcamos nuestra atención sobre un monumento dedicado a Juana Azurduy de Padilla, legendaria combatiente del Alto Perú, viuda del patriota Asencio Padilla. Justamente habíamos leído algo sobre ella.» A la mañana siguiente pasan por Comarapa («la calle principal es ancha y está empedrada en gran parte. Pero no hemos visto a nadie, como si fuera una ciudad fantasma») y Samaipata («de bellas iglesias encaladas de blanco y un pueblo cordial»). A partir de Santa Cruz, en dirección al sur, el camino se vuelve más estrecho y el barro dificulta el desplazamiento. El paisaje ya no es el del altiplano, sino el de la «vieja compañera de guerra: la selva virgen, frondosidad conocida y adorada». Alrededor de las tres de la tarde del tercer día, cruzan el río Grande en una balsa «maniobrada por unos indios pobres, si bien íntegros, y más viejos que el propio bosque que los rodea». Cuando llegan a Camiri están agotados. Benjamín, que nunca había viajado en coche, es el caso más grave. Siente náuseas desde que dejó la casa de su madre y ahora tiene escalofríos. Pero hay que seguir el viaje y, al principio de la noche, ya están en Lagunillas. Desde esta aldea toman un camino secundario y penetran en un bosque aún más denso, el jeep de Coco da sacudidas con los baches, Benjamín se tapa la boca con las manos, los hombres gritan que no, aquél gime y expulsa un chorro de vómito entre los dedos contra la ventana cerrada. El olor es insoportable. Ñato sugiere abrirla, pero se lo impiden, ya que los mosquitos que hay fuera son voraces. Coco pide paciencia, casi han llegado. Benjamín llora. Benigno dirá que «al recordar que pronto nos encontraríamos con Ramón y los demás compañeros, nos pusimos eufóricos». En torno a las nueve, Papi se adentra con el Toyota en la selva y apaga los faros; el jeep de Coco hace lo mismo. Para llegar a Ñancahuazú tienen que cruzar las tierras de Ciro Algarañaz, el criador de cerdos. En la oscuridad, Papi explica que, de tanto pasar por allí transportando guerrilleros, el propietario desconfía y, siempre que oye ruido de coches, va hasta la cerca para observarlos. Sospecha que ahora es vecino de productores de cocaína y, según Papi, algunos días atrás propuso recibir una pequeña suma del negocio para «mantener la boca cerrada».

Tienen que esperar a que el hombre y su capataz se duerman. Papi sale del Toyota y desaparece en la oscuridad. En el otro coche, los muchachos, envueltos de un olor agrio, se dan palmadas en la cara y se rascan, preguntándose cómo han podido entrar mosquitos si las ventanas han estado cerradas en todo momento. Alejandro está fumando y, de lejos, Benigno ve la punta anaranjada de la brasa. Más tarde escribe que Coco, el responsable de aquellos hombres, todavía es inexperto: «Es una señal peligrosa que puede atraer la atención del enemigo».

Papi regresa después de las diez, habla con Coco en el otro jeep, vuelve a su vehículo y comenta que el camino está libre; los ronquidos de Algarañaz se oyen desde allí. Recorren cuarenta minutos más de camino impracticable y llegan a una cabaña hecha de palos y barro, tejado de calamina y suelo de tierra, iluminada solamente por un farolillo. Loro, el hermano más pequeño de Humberto Vázquez Viaña, se acerca para recibirlos con la cara aplastada de dormir. Es sociólogo recién licenciado, pero allí «se hacía pasar por capataz y con él había dos indios, Apolinar, un guaraní, y Serapio, quechua. Andaban descalzos y apenas entendían nuestro español», escribe Benigno.

Pregunta cuántos años tiene Serapio, y Loro le responde: entre quince y diecisiete, ni el propio muchacho lo sabe. El indito no está allí para tomar las armas, ni podría hacerlo. Al aproximarse al jeep, Benigno se fija en que tiene parálisis en la pierna derecha, con un pie que parece un gancho que se arrastra por el polvo. Para caminar, se equilibra con el tobillo y, al levantar un barril de arroz, bufa, todo su cuerpo tiembla y tropieza hacia atrás. Alejandro se inclina para ayudarlo, pero Loro le pide que no haga nada, que necesita aprender el «trabajo de campo». Serapio se tambalea hasta la puerta de la cabaña, vacía el tonel y, al volver, pregunta en un español torpe si les gustaría un «cafecito». «Como todo buen guerrillero», escribe Benigno, «nos ofreció café antes que nada. Le sonreí, y se fue a preparar la bebida. Comenté que estaba muy bien educado, y Loro me dio las gracias».

Desde la Casa de Calamina, como llaman a la cabaña, aún tienen que seguir por una senda de tres kilómetros a través de la espesura, cargados con víveres y armas, hasta el campamento principal. Cuando finalmente llegan es de madrugada; llevan las camisas empapadas de sudor, tienen sed, y Ñato carga a hombros al niño Benjamín, desfallecido. En plena oscuridad no distinguen todo aquello que Guevara y sus subordinados han construido a lo largo de esas semanas en la selva: un horno de arcilla agrietado; una estructura de ramas cubiertas con hojas de palmera para preparar charque; una cabaña usada como enfermería; troncos dispuestos en hileras para impartir clases de geopolítica, quechua y francés; fosas de letrinas; y unos túneles intercomunicados para esconder un viejo radiotransmisor, comida enlatada y documentos. Papi intercambia las señas y las contraseñas con el centinela. «Cuando al fin vi una lucecita delante de nosotros, ya me sentí como en casa», escribe Benigno. Las piernas le flaquean, debe de ser el cansancio, pero corre al oír el sonido de las cucharas contra las tazas de metal y al percibir el olor del humo. Están sentados alrededor de la hoguera. Abraza a Joaquín, Arturo y Rubio, Braulio y Antonio, Miguel, Tuma, Pacho y Pombo. Ve también a algunos bolivianos, pero no encuentra a Guevara; pregunta dónde está el comandante; Miguel señala en la dirección de un farolillo entre los árboles. Benigno se aproxima, vacilante; no quiere molestar al argentino, que, sentado sobre un tocón de madera, parece enfrascado en un libro. El muchacho carraspea y se inclina para averiguar qué lectura puede despertar tanto interés. El comandante atrae el libro hacia sí, marca la página, lo deja en el suelo y se levanta. Viste un traje verde oliva; las botas militares, que lleva desatadas hasta la mitad, están cubiertas de barro. Éste es el uniforme de la selva. La barba ya ha empezado a crecerle y, en cuestión de días, la calva desaparecerá y las falsas canas darán paso a un pelo castaño rojizo. Vuelve a ser el Che: con una sonrisa en los labios, sus ojos brillan con ironía. Se dan un abrazo, el comandante no dice nada a las exclamaciones del recién llegado. En el suelo, al otro lado del tronco, Benigno ve una agenda negra con un bolígrafo encima.

—¿Está escribiendo mucho? —pregunta el cubano.

—Bastante —responde el Che.

—¿Y ese libro que está leyendo es bueno?

—Sí.

—¿De qué trata?

—De unas cosas que pasaron en Italia hace mucho tiempo.

—¿Sobre estrategias?

—No, es una novela.

—Claro...

La conversación decae, Benigno ve que no es bienvenido a aquellas horas de la noche, se inclina para hacer un último saludo y, cuando el Che vuelve a sentarse en el tocón y coge el libro, aquél regresa a la hoguera. Sus amigos han formado un círculo alrededor de dos bultos en el suelo. Uno es Benjamín, que se ha desmayado al llegar. A su lado está Moro, el médico, pinchándole en el brazo. Ñato, de pie, comenta a los demás que su madre estaba preocupada, que ya desde el principio el niño no parecía estar en condiciones de viajar, que deberían haberlo dejado en un puesto del camino con algo de dinero para volver a su casa. «La puta que lo parió. Ahora tendré que cuidar de este niño», susurra.

Los cubanos enseguida pierden el interés y vuelven a la hoguera. Están animados, recuerdan antiguas victorias y hablan una y otra vez de los mismos acontecimientos; los bolivianos están atentos a cada detalle, ansiosos por tener historias propias que contar algún día. Se quedan hablando el resto de la madrugada, hasta que, al poco, la claridad aparece entre el follaje. Benigno, que ha sido cocinero en misiones anteriores, se ofrece para preparar el desayuno. Cocina pasta de maíz, panecillos y un café fuerte con mucho azúcar. Prepara una porción aparte, amarga, especialmente para el comandante, e insiste en llevarle él mismo la taza de aluminio. Guevara se quedó dormido en el suelo con la cabeza apoyada en el brazo, y el libro abierto con la tapa hacia arriba. *La cartuja de Parma*. El cubano deja la taza a su lado y, sin hacer ruido, cierra el libro. Después ve que ha olvidado el marcador, una tira de tela colorida en el suelo. La coloca en la primera página y vuelve a levantarse en silencio. El día ha empezado en la guerrilla.

9.

El último día del año, Benigno prepara el café como todas las mañanas. Benjamín, que no tiene capacidad para el trabajo bruto, reparte los panecillos de maíz en los cuencos; se ha convertido en un ayudante de cocina diligente, aunque poco atento.

Oyen ruido entre los árboles; alguien que grita la seña y se acerca, con la mano en el pecho, jadeando. Es Ernesto, un boliviano de piel oscura y ojos rasgados, centinela en la Casa de Calamina. Dice que ha venido corriendo todo el camino con un mensaje urgente. De La Paz ha llegado un jeep con una figura importante, «Flavio Moro... Roberto Mongo... Mario Montes, no me acuerdo muy bien». Guevara, que está tomando café con los demás, escucha la noticia en silencio. Se traga el último pedazo de pan y se levanta limpiándose las manos en los pantalones. Dice que el boliviano es un mierda y que si no aprende a dar recados se quedará sin comida. Después mira alrededor y señala a Inti, Urbano, Tuma y Arturo. Ordena que tomen los rifles más nuevos, que se pongan camisas limpias y se aten las botas «como gente decente» y que lo sigan. Esto lo aprendió de Fidel: hay que impresionar a los visitantes.

El encuentro se produce una hora después, bajo una estructura de madera en medio de la senda, bautizada como Casa del Protocolo. Llegan bastante antes que el grupo de Monje, saben que el boliviano no está en forma, y el camino no es fácil. Los oyen llegar cuando se acercan: gritos, refunfuños, y la vegetación que cruje. Los muchachos se ponen de pie desde sus posiciones y se sacuden la tierra y el capín del uniforme, empuñan los rifles y se colocan en un semicírculo alrededor de Guevara, que está sentado en un tronco, bajo el techo de paja. Papi aparece el primero, le hace señas. A continuación ven a Pedro, uno de los nuevos bolivianos en la guerrilla, y Tania, con el rostro rojo por el esfuerzo, gafas de sol y el pelo recogido bajo la boina. Monje y su secuaz aparecen los últimos, a trompicones, respirando por la boca. «Qué mierda de sitio habéis buscado para esconderos», se queja pasándose un pañuelo arrugado por la frente. Al parecer, no presta atención al panorama que tiene delante. Él, que nunca ha usado uniforme en su vida, también ha preparado su espectáculo: se ha vestido como Fidel Castro, de caqui y con una gorra y unas lustrosas botas militares, que lleva sobre el pantalón. Sin embargo, el disfraz se ha descompuesto durante el recorrido y la camisa le sobresale por encima del cinturón. Se desmorona sobre otro banco improvisado y pregunta si alguno de ellos tiene agua. La alemana sonríe a los muchachos que hacen de guardaespaldas y se dispone a decirles algo, pero vacila al ver al Che de pie sobre el tronco, convencido de ser el emperador de aquella selva.

—Joder, aquí sólo van a luchar contra los mosquitos —dice Monje, y el Che apenas levanta una ceja, señal de que está molesto.

Los muchachos saben que en esos momentos lo mejor es alejarse del comandante. Papi comenta que conoce un riachuelo cerca de allí donde podrán lavarse la cara; Monje consiente en que su asistente los siga selva adentro.

Ahora que los líderes están solos, intercambian unos apretones de mano decididos, de hombres. Fidel era un negociador nato; preguntaría antes que nada por la salud de los niños y la mujer y, a continuación, pediría una valoración general de la situación política boliviana, asentiría con la cabeza y aceptaría consejos sobre algún que otro aspecto. Guevara, por su parte, no soporta el silencio que se impone entre él y Monje. Está convencido de que sabe lo necesario sobre el país y que su llegada ya es el anuncio de la revolución socialista.

Pero el Che no tiene en cuenta que la Bolivia de 1966 es un país muy diferente del que conoció de joven, durante sus andanzas como mochilero en la década de 1950. Cierto que Bolivia aún está hundida en la miseria y que siguen existiendo grandes contrastes sociales, pero durante el gobierno de Paz Estenssoro ya se implantó una reforma agraria. Por otra parte, éste hizo frente a las oligarquías de las familias Patiño, Aramayo y Rotchschild, estatalizó la extracción de estaño y gas natural y reinstauró el sufragio universal, medidas que sobrevivieron parcialmente cuando los militares tomaron el poder. El presidente actual, René Barrientos, habla quechua, cuenta con el apoyo de los indios del altiplano y ha instaurado un régimen populista compuesto por «un extraño injerto de nacionalismo y conservadurismo proamericano importado de Brasil», escribe un biógrafo. Es una sociedad compleja, donde no tienen cabida los aventureros.

Monje es el primero en hablar. Se queja de las actividades de los cubanos en La Paz, dice que aquello «parece un circo» con «mocosos llenos de secretos, que quieren crear un poder paralelo sin pies ni cabeza». Guevara lo interrumpe con una risotada, se levanta del tronco. «Si somos tan desorganizados como dices, ¿por qué el Partido Comunista no nos está ayudando?» Monje endereza la columna y se queja de que aquello no es verdad. «Estamos ayudando, y mucho. Sin nuestro apoyo, la red urbana ya no existiría.» El Che parece no haberle oído. Monje prosigue: «Carajo, Che, me dijeron que había venido un desconocido, no tú. Me he enterado de que eras tú hace sólo unos días [...] Y dijeron que sólo estabais de paso. Y luego, que habíais venido a hacer la revolución continental. ¿Cómo es eso?».

Si Fidel Castro hubiera liderado la guerrilla en ese momento, seguramente habría puesto la mano sobre el hombro del dirigente, le habría ofrecido un puro y le habría hablado de la importancia del PC boliviano para el movimiento. Guevara, en cambio, vuelve a sentarse sobre el tronco para decir, con una leve sonrisa en los labios, que Monje tiene razón; no le han dicho nada al PC para evitar la interferencia «de quienes no están al corriente de nada». «Mis emisarios no estaban autorizados para anticipar nada, compañero», y clava una mirada irónica en el boliviano, como si estuviera a punto de reírse de aquel gordo que apenas si se sostiene en el banquito.

En vez de hacerle frente, Monje enumera las dificultades diarias que tiene para dirigir el partido, le dice lo difícil que es mantenerlo en la legalidad bajo el gobierno militar; asegura que, para no perjudicar al PC, piensa seriamente en sacrificarse; él, que está «casado y es padre de tres lindas hijas», está pensando en abandonarlo todo para unirse a la lucha armada. Recibió adiestramiento en Cuba y un curso avanzado sobre liderazgo en la selva, y se ganó los elogios de los instructores y del propio Fidel (el Che sonríe con desdén). Puede dejarlo todo de lado, repite, familia y prestigio. Guevara dice que no es necesario tamaño desprendimiento. Le pregunta qué quiere para apoyar a la guerrilla.

El boliviano reivindica tres puntos. En primer lugar, quiere apoyar a la guerrilla sin implicar al partido. El Che se encoge de hombros. En segundo lugar, los partidos latinoamericanos que quieran colaborar con el movimiento, en caso de que éste adquiera proyección continental, deberán recibir su aprobación y quedar bajo su mando. El Che frunce el ceño, Monje continúa. Por último, exige encabezar la dirección político-militar de la guerrilla. El argentino niega con la cabeza antes incluso de que aquél termine. Se levanta una vez más del tronco y sonríe con sarcasmo.

—¿Y dónde entro yo, compañero?

—Ten en cuenta, Che, que tú tienes la experiencia práctica de la guerrilla; aunque la mía es excelente, es sólo teórica. Joder, tú eres el que sabe moverse en la selva —dice Monje y se ríe, para luego añadir con solemnidad—: Tú serás mi comandante en jefe de los ejércitos de la selva.

—Aquí yo no soy asesor de nadie —responde Guevara.

Y añade que en Bolivia él tiene el mando y que las cosas se harán a su manera. «Aquí la discusión se estancó y giró en un círculo vicioso», escribe luego en el diario. Monje vuelve a explicar sus motivos, pero el Che pierde la paciencia y lo interrumpe; con el dedo recto, le dice que ahora le toca hablar a él. Da un largo discurso sobre la historia de América Latina, menciona el peligro capitalista; habla sobre el Nuevo Mundo, Colón, Pinzón y la sífilis, sobre el exterminio de los indios caribes y el papel del nuevo hombre en el siglo xx. El enjuiciamiento de Guevara es tedioso. Cuando termina, cree haber hecho un brillante análisis histórico. Como no hay otra manera de proseguir con las negociaciones —el comandante está de espaldas y con los brazos cruzados—, el boliviano le dice, en última instancia, que quiere hablar con los miembros del PC que están en la guerrilla. Tiene que comunicarles la decisión oficial del partido de no participar en la lucha armada ni apoyarla, y dejar que los muchachos decidan qué quieren hacer. El Che está de acuerdo, como un caballero; añade que no hay nada más que decir. Da un agudo silbido y, al poco, vuelven a aparecer los hombres, que habían ido a la orilla del riachuelo a reposar.

Reanudan la caminata; al final de la tarde llegan al campamento, y Monje, después de un corto descanso durante el que recibe una taza de café azucarado y pan de maíz, decide iniciar su labor persuasiva. Se sobrepone al dolor de piernas y al agotamiento, y habla aparte con cada uno de los integrantes de la juventud comunista. Primero intenta convencerlos de que meterse en la guerrilla es una locura. Los muchachos no le prestan oídos. Luego procede a amenazarlos con expulsarlos del partido, pero en aquel lugar sus palabras significan poco. Inti, el boliviano más preparado políticamente, pierde la paciencia cuando lo ve secreteando y exclama cual profeta inspirado por voluntad divina. Apuntando al dirigente gordinflón con el dedo, le dice con voz estentórea que sólo saldrán de allí con la victoria de la revolución marxista o en «ataúdes de madera». «¿Qué es un ataúd?», pregunta un boliviano por lo bajo. Los que todavía tenían dudas, se apartan de Monje. Cuando anochece, éste se deja caer en una hamaca, exhausto, sabiendo que la batalla está perdida.

Durante la cena (un guiso a base de carne enlatada que ha preparado Benigno) Monje está aislado. Tania, que ha aparecido peinada y con ropa limpia, como si se hubiera dado un baño, saca fotos con los muchachos y se divierte, pero en ningún momento dirige la mirada a Monje, como si éste fuera invisible. También se niegan a dejarle un gachumbo y una cuchara. «No sé cómo comerán los cerdos de tu ciudad, pero en la mía comen en el suelo», dice Ñato. Monje habría pasado hambre si Benigno no le hubiera dado su vasija y su cuchara. Cerca de la medianoche, a pocos minutos del cambio de año, se reúnen en el aula donde imparten las clases para escuchar un discurso que el Che ha preparado en homenaje a los siete años de la revolución cubana, en el cual aprovechará para analizar los valores del guerrillero moderno. Después de pronunciar las primeras metáforas sobre el combatiente ideal, y bajo la absoluta atención de unos muchachos boquiabiertos, anuncia un aparte sobre la historia latinoamericana. A Monje le parece haber oído aquello antes, en la reunión que han tenido esa tarde. El argentino vuelve a hablar del Nuevo Mundo, y Monje ya no puede hacer nada, salvo hundir la cabeza entre las piernas y resignarse a escuchar las primeras observaciones sobre los malditos indios caribes. Su pesadilla no terminará hasta la mañana siguiente, cuando, después de una noche de insomnio y con la piel hinchada por las picaduras de insectos, Papi anuncia que los llevará de vuelta a La Paz. «Se fue con la apariencia de quien se dirige al patíbulo», escribirá Guevara.

Mientras el dirigente y su ayudante discuten y se abofetean en medio de la oscuridad, en las hamacas, los guerrilleros comparten una botella de aguardiente que había traído Papi y rememoran viejas historias. Desde su sitio, Monje oye las risotadas y el crepitar del fuego. Pero no repara en el momento en que Guevara se aparta con Tania a un lugar retirado y desaparecen juntos en la oscuridad. Tampoco sabrá que, a cierta hora de la madrugada, Benigno va a buscarlos con dos tazas de café, sin encontrarlos en un radio de veinte metros. En el diario, el comandante escribe que aquella noche hablaron sobre la próxima misión de la agente alemana. Tania debe ir a Buenos Aires, ponerse en contacto con un grupo clandestino y traer a Bolivia a un tal Ciro Bustos, activista político, pensador de izquierdas y pintor de naturalezas muertas. «Será nuestro hombre de contacto con Argentina», dice. El Che acostumbraba a afirmar que, cuando dirigía sus misiones, prestaba especial atención a los detalles; pero nunca se había encontrado con Bustos ni conocía su desempeño en acciones anteriores. Decidió reclutarle solamente a partir de la opinión de conocidos. Pero eso no parece preocuparle en ese momento, mientras Tania se aprende de memoria nombres y direcciones, y repasan los detalles hasta bien entrada la noche. A la mañana siguiente, después de organizar las mochilas para partir, Tania intercambia las últimas palabras con el Che y da un beso en la mejilla a los cubanos más allegados. Los demás, privados de cualquier contacto femenino, no pueden soportar esas muestras de afecto sin bajar los ojos al suelo.

Para Monje, el viaje de vuelta es insoportable: tres días de silencio, que sólo se ve interrumpido por las provocaciones políticas de la alemana. Tan pronto el dirigente pone los pies en La Paz, empieza a minar de manera implacable las intenciones de Guevara. La red urbana depende mucho de la estructura que ha proporcionado el PC. La casa y el apartamento se alquilaron con la ayuda de miembros del partido, con testaferros y fiadores; y como Loyola Guzmán es todavía inexperta en cuestiones de finanzas, los comunistas bolivianos la ayudan a controlar las recaudaciones y los gastos de la red urbana. Todo esto se corta de la noche a la mañana. Uno de los inmuebles se devuelve al instante, y el propietario del otro toma medidas judiciales para reclamar los retrasos en el pago del alquiler.

João Batista, que ha tenido que abandonar el apartamento, tarda en recibir de Loyola algo de dinero para poder hospedarse en una pensión humilde, frecuentada por muchachos. Come esporádicamente y ni siquiera puede hablar con Tania, que se halla en Buenos Aires. «En ese momento vi que me habían abandonado», dirá a los interrogadores. «Y entonces resolví que no podía quedarme allí.» Está decidido a seguir a Tania a dondequiera que vaya, en cuanto ésta regrese. Ha llegado su momento de entrar en la guerrilla: quedarse en la ciudad —relata— es como «morir poco a poco».

10.

Es la primera madrugada sin lluvia en cinco días y, al bajarse de la hamaca en plena oscuridad selvática, somnoliento todavía, a Benigno le parece un buen presagio. Se sienta sobre un tocón, respira hondo y se calza las botas cubiertas de fango. Al fondo oye carraspeos, toses y los gritos de Inti despertando a los que todavía duermen. Se levanta, desata la hamaca y la lona que lo guarecía de la lluvia, y lo mete todo en la mochila, junto con las provisiones, las municiones, los cubiertos, el cuenco y las prendas de ropa. La bolsa pesa unos cuarenta kilos y, al echársela al hombro, pierde el equilibrio. Sabe que el día será largo; incluso este optimista seguramente piensa que no soportará la marcha forzada con semejante carga a cuestas. Se inclina para alcanzar el rifle ZB-30, de fabricación checa, que está apoyado contra un árbol. Sujeta el arma con las dos manos y, justo en ese momento, las pelotas, que se le han pegado al calzoncillo húmedo, empiezan a picarle. Y se dice a sí mismo: «En fin, así es la guerrilla».

Empieza a distinguir los bultos entre el follaje, oye el tintineo de los cinturones y las hebillas, de los platos y los cubiertos al chocar, el ruido de los pies al pisar la hierba mojada, los susurros... Pese a la penumbra, ve a un boliviano arrodillarse y santiguarse. Inti, que ocupa de manera natural el cargo de comisario político, se adelanta y engola la voz para ordenarle que no vuelva a hacerlo; las religiones, sobre todo la católica, son el opio del pueblo y «por eso Marx luchó contra ellas».

Benigno asegura que a pesar de las dificultades está exultante. De los treinta y tres hombres del campamento, veintinueve participarán en una marcha de casi un mes para reconocer el terreno, ponerse en forma y recibir las primeras instrucciones de combate. «Ahora empieza la etapa verdaderamente guerrillera, y pondremos a prueba a la tropa», escribe el Che. «El tiempo dirá cuáles son las perspectivas de la revolución.» Atrás sólo quedarán los bolivianos Ñato y Camba y los cubanos Arturo, responsable de la radio, y Antonio, supervisor del campo.

Pero existe un motivo más apremiante para la partida, y es Guevara, que está aburrido después de dos meses de inactividad, y cansado de dar clases de geopolítica sin que nadie las entienda y de leer los mismos libros una y otra vez. Está harto de cavar hoyos y marcarlos en el mapa general del campamento, de hacer hornos de barro y de contemplar cómo cae una lluvia ruidosa. Al abrigo de una cabaña por cuyo techo de paja se filtran las gotas, decide que ha llegado el momento de actuar.

Desde finales de año no han hecho casi nada productivo, aparte de breves salidas de reconocimiento, cambios de turno en la Casa de Calamina y el envío de algún que otro boletín a La Habana. Con tiempo de sobra para escribir en su diario, Benigno relata una expedición nada interesante a Pampa del Tigre, un altiplano cubierto de bosque ralo. En un intento de hacer la aventura más atractiva, describe su encuentro con un tigre («por un momento cruzamos una mirada directa»), a pesar de que éstos no existen en la región. Pombo es más sincero: «Un día monótono», escribe el 11 de enero. Dos días después, «no hemos hecho nada demasiado importante hoy». Y, la semana siguiente: «es el tercer aniversario de mi matrimonio (bodas de cuero), si no me equivoco. Lo comprobaré». Ese mismo día, Pacho anota: «Liberé una mariposa de una telaraña, llegamos 6.10 h al campamento, el Che daba clases». Tuma, que lleva boina y una pipa en la boca para parecerse al comandante, se pasa horas limpiando el arma y hablando con ella. «Ponte guapa, ponte bien guapa que después de la guerra te llevaré a un museo.» Rubio tararea durante horas las mismas melodías de Charles Aznavour sin saberse las letras. Algunos hombres se quejan. Guevara anota los acontecimientos más ínfimos, como el recorrido de las patrullas de reconocimiento o los horarios de la salida y la puesta del sol. El contacto de algún guerrillero con el mundo exterior es siempre motivo de excitación. «Por la tarde llegó el Loro con dos mulas que había comprado en dos mil pesos; buena compra, los animales son mansos y fuertes», escribe el comandante. Se monta en una de ellas y saca pecho para que le tomen una foto; le gustan los animales, quiere algo heroico para la posteridad. Loro aparece en la imagen sujetando las riendas de la mula, con los hombros caídos, como un humilde criado. Y es que así se siente en la guerrilla este joven de las clases más altas de La Paz, el hijo de un científico político, que fue educado en Suiza y habla un francés e inglés fluidos. En la selva lo obligan a realizar trabajos rastreros, pues «todos tienen la misma patente de soldado raso», insiste el Che, pero los que proceden de familias privilegiadas son más rasos que los demás, y por eso a Loro le toca restregar las mulas, cavar letrinas y cumplir los peores horarios de vigilancia. Durante las últimas semanas se ha ganado el puesto de capataz de la Casa de Calamina y, como hasta ahora nadie ha sido capaz de cazar nada en la selva, de vez en cuando le encargan la compra de víveres en Lagunillas, la aldea más próxima. Son los escasos momentos de distracción que tiene. Luego empieza a actuar de una forma «demasiado libre», según opina Guevara. Al parecer se gasta parte del dinero en bares y burdeles, y ya es una figura harto conocida en el poblado. Al final del mes desaparece durante un día entero y, ante la presión del argentino, confiesa que se cayó de borracho en el trayecto del bar al jeep y, al despertar, ya era de madrugada y no sabía dónde estaba. Es posible que, de haberse hallado en medio de la revolución cubana, el Che le habría pegado un tiro en la sien. Pero como están en Bolivia, el comandante se limita a castigarlo interrumpiendo su alimentación durante dos días.

La edad lo ha ablandado. Prefiere enfrascarse en sus libros a controlar la creciente animosidad de sus hombres, aburridos de la lluvia y la inactividad, atormentados por los mosquitos, las avispas, las larvas que despuntan formando erupciones en la piel; ni en el Congo habían visto cosa parecida. El Che sólo interviene, y de mala gana, cuando las discusiones pasan a los gritos o cuando los oponentes se abofetean rodeados de curiosos. Entonces los deja sin comer uno o dos días. En una ocasión, a raíz del castigo se inicia un sigiloso tráfico de comida y, al poco, Benigno empieza a echar en falta las latas de leche condensada de la despensa. Marcos, que gozaba de una excelente carrera como oficial en Cuba, está irascible. A los cubanos que le son fieles, les dice que está más preparado para liderar una guerrilla que el propio Che; desdeña sus órdenes y, cuando se le asigna una labor que considera degradante, la reasigna a los bolivianos, esos «indios analfabetos de mierda». Es particularmente cruel con los más jóvenes; una de sus diversiones es castigar a Serapio llamándolo, para carcajada general, «cojitranco enclenque». A finales de enero, el Che lo destituye del puesto de segundo hombre al mando y, en su lugar, nombra a Joaquín, un guerrillero viejo que no está en forma. Con este cambio acentúa la disidencia entre las filas. Seguramente siente la presión, ya que se enfada a la mínima sin motivos y es injusto con los muchachos. En una ocasión, delante de todos llama «comemierda» a Papi, uno de los hombres más eficientes y, al creer que ha caído en desgracia, éste vaga perdido por el campamento, «incapaz de llevar a término una orden».

Si el comandante no sigue las enseñanzas que él mismo recopiló en un método de guerrilla, no puede esperar que los demás lo hagan. Al menos ellos son capaces de salir del campamento sin perderse. Coco sale a cazar y desaparece en la selva durante quince días; cuando lo encuentran, tirado en medio de un arroyo a no más de cien metros de allí, está al borde de la muerte.

Los que permanecen en la Casa de Calamina despiertan las sospechas de los vecinos, así como de las autoridades. A Ciro Algarañaz, el criador de cerdos, le llaman la atención las constantes idas y venidas que se dan en aquella cabaña de palos y barro, y la cantidad de víveres que se descargan allí semanalmente. Está seguro de que refinan cocaína en algún lugar de la selva, e insiste a Loro en que le gustaría tomar parte en el negocio. ¿Qué negocio?, responde éste, entre irónico y prepotente, y Algarañaz decide avisar a la policía. El 19 de enero, cuatro soldados y un tal teniente Fernández, de Lagunillas, hacen una visita a la cabaña. Abren sacos, huelen las ollas y examinan el interior del horno de barro. El teniente interroga a Loro y le requisa la pistola Browning. «Luego pasa a recoger el arma por la ciudad sin meter mucho alboroto», le dice con un guiño. «No estorbaremos si nos mantenéis al tanto de lo que salga de ahí», añade señalando la selva con la barbilla.

Incluso después de ser informado del incidente, el Che no hace nada para cambiar la situación; no paga a los policías («no negociamos con corruptos», dice) ni reduce las actividades en la Casa de Calamina. Pero no piensa en esto ahora, en esa mañana húmeda, cuando se pone la boina y encabeza la primera gran marcha con los guerrilleros. Las mochilas magullan los hombros, y las botas resultan ser inadecuadas desde el principio para largas caminatas: proceden de un lote de piezas defectuosas que adquirieron de un comerciante chino en Santa Cruz.

Al final del primer día están exhaustos; atraviesan quince kilómetros de una región árida, de arbustos bajos y retorcidos, con espinas que les rasgan la ropa. Joaquín, que está gordo, no consigue mantener el ritmo y va a la zaga, y Pombo, que va en el grupo del centro, se queja de terribles dolores de barriga. El Che está «extenuado, y el asma lo amenaza», escribe Benigno, «pero lo levantamos con un buen café sin azúcar, que tanto le gusta». El comandante intenta restar importancia al incidente, que achaca al esfuerzo realizado después de tanto tiempo de inactividad; quiere mostrarse a los demás como un ejemplo de superación.

Al final del segundo día, un aguacero perjudica la marcha. La tropa arma toldos improvisados, mientras el Che trata de averiguar dónde se encuentran. Los mapas que ha traído son imprecisos y tiene que volver a elaborarlos sirviéndose de un pequeño estuche de lápices de colores que siempre lleva consigo, pero no tiene claro que esté trazando las líneas correctas sobre aquellos papeles rotos, que poco a poco van tomando la forma de un dibujo infantil, con rayas azules y rojas, y trazos verdes, reflejo de un mundo irreal. «El Che ha dicho que en breve terminará de preparar nuestros propios mapas. Es un excelente cartógrafo», escribe Pacho. El 4 de febrero, después de una caminata de doce horas con una breve parada para comer (sopa clara de maíz), todos se desatan las botas casi a la vez. «Los hombres están agotados», relata Pacho. «Urbano, fiebre, Benigno con hinchazón en los ganglios. Yo no pude comer.»

A la mañana siguiente, el quinto día de marcha, se topan con un río de aguas turbulentas color de barro, una corriente que arrastra árboles enteros como si fueran palitos. Para el Che no hay duda de que se trata del río Grande. Desdobla uno de los mapas, lo compara con el río, gira el mapa y vuelve a comparar. No parece muy seguro y saca una brújula del bolsillo derecho de la camisa. Por último, guarda el instrumento y suspira. Dice que los cartógrafos bolivianos deberían meterse aquellos mapas por el culo.

—Yo mismo me aseguraré de que lo hagan..., panda de comemierdas.

Ahora está convencido de que ha encontrado el río Grande. Deja las cosas a un lado, se quita las botas destrozadas y hunde las piernas hasta las rodillas en la orilla fangosa.

—Llegamos al río Jordán. Bautízame —le dice a Pacho, el que está más cerca.

Pierden el día buscando un camino más fácil para la travesía. Es una etapa de «calma y reposición de fuerzas», escribe el comandante. «Pombo está algo enfermo [...], Inti llama la atención a unos bolivianos que se han peleado por un pastelillo de maíz [...], Alejandro, Inti y Pacho tratan de atravesar el río a nado.» En el agua, los tres muchachos son como troncos que el río Grande podría tragarse. Se agarran los unos a los otros, la vorágine ahoga sus gritos. Quieren que el comandante los vea haciendo aquel esfuerzo heroico, algo suicida, como aquellos lanceros polacos que se ahogaron en una travesía a caballo para demostrar su valor a Napoleón. El Che, cual emperador, está sentado en un tronco, enfrascado en sus mapas, sin prestar atención a lo que sucede a su alrededor. Cuando Tuma, que no sabe nadar, comenta con una pizca de satisfacción que parece que uno de ellos ha desaparecido, el comandante se limita a lanzar una mirada de desaprobación a la escena, antes de volver a los «malditos mapas». En un segundo intento, sólo Rubio consigue atravesarlo. Cuando regresa con el pelo rizado lleno de tierra, se deja caer en el suelo y, resollando, repite una y otra vez que casi se muere, emplea frases del Che —«he conseguido superar...», respira hondo, «vencer... los desafíos... que me ha presentado... la naturaleza»—, esperando que el comandante le oiga.

El Che ordena a Marcos que construya una balsa, y el cubano decide demostrar que es el más competente de todos. Con semblante de piedra, llama a algunos bolivianos a gritos y los pone a trabajar. Va de un lado a otro mirando el reloj. Se pone las manos en la cintura, brama que son unos incompetentes de mierda, y a Benjamín, que está exhausto y se ha desmoronado a la sombra de una yaca, le grita que «en otros tiempos habrías sido ejecutado». Le da una patada en los pies, que tiene en carne viva, y lo obliga a levantarse.

Marcos no queda satisfecho con los troncos que le traen; después no le gustan los primeros esbozos de la balsa; Willy, que está nervioso, se corta con un machete. Tienen que avanzar durante la madrugada (el Che, apartado del grupo, escribe el diario desde su hamaca) y, durante el desayuno del día 7, Marcos le presenta con orgullo la embarcación; le dice al comandante, que se acerca masticando todavía, que es obra suya; que puso a los hombres a trabajar, que desarrolló su propio diseño y que no quedó satisfecho hasta que la construyeron conforme él quería. El argentino echa una mirada a la embarcación y comenta que es demasiado larga y que será difícil de maniobrar. Marcos replica diciendo que está hecha «según el modelo cubano correcto». El Che dice que no, que «esa mierda está mal hecha. Eso volcará». Marcos decide usarla igualmente y, antes de que los bolivianos puedan comer por fin, organiza a gritos la primera travesía. Rubio, viceministro del Azúcar, convertido ahora en un diligente perro labrador, nada hasta la otra orilla, llevando entre los dientes el extremo de un cabo, que ata luego a un árbol. La vanguardia, que consta de cinco hombres, cruza primero haciendo dos viajes. Después pasan los pertrechos del grupo del centro. Tuma se encarga de cerrar cuidadosamente la mochila del comandante y la despacha con las demás. El Che finge que no los ve, se sienta junto a la orilla con la pipa, una taza de café y el diario. Con una letra apretada sobre el papel húmedo, escribe lo que ya ha dicho: que la balsa «quedó muy grande y poco maniobrable».

Después de comer ya han cruzado casi la mitad de los muchachos. Tiran de la balsa vacía para recuperarla: otro grupo espera su turno. Pero esta vez, a mitad de camino, el agua la engulle, se vuelca y se hunde hasta el fondo del lecho, y los hombres sienten en el extremo del cabo la violencia de aquellas aguas, que deshacen la madera y las cuerdas. Luchan para subirla a la superficie, Marcos les grita que tengan cuidado. Pero no sirve de nada:

una sacudida parte el cabo atado a lo que queda de la balsa. El Che sonríe. Vuelve a torcer el gesto cuando le informan de que su mochila está al otro lado del río. Ordena que Joaquín construya una segunda balsa rápidamente, pero éste es lento, y se hace de noche. El comandante sólo tiene la ropa que lleva puesta, le pide a Joaquín que se dé prisa. Reanudan la travesía a las nueve. Media hora después, se pone a llover a cántaros y tienen que interrumpir el trabajo. Esa noche, empapado hasta el último pelo de la cabeza, el Che comparte una manta con Tuma, que «me estuvo dando coces como una mula durante toda la madrugada». Al día siguiente, mojado y abatido, siente el anuncio de un ataque de asma.

La marcha se reanuda. No han podido llenar las cantimploras con el agua fangosa del río Grande, ni se han organizado para recoger la lluvia de la noche anterior. Y Benigno, desprevenido, ha usado la última que quedaba para preparar café. Después de escalar ochocientos metros de una pared rocosa y ascender hasta una meseta desnuda, no les queda nada para beber. Al día siguiente encuentran un río que no consta en los mapas y, unos metros más arriba, una plantación rudimentaria de maíz y una cabaña. Avanzan hacia ésta, dan palmadas y entablan un primer contacto con un campesino de piel arrugada que aparenta sesenta años. Inti habla con él, fingiendo que es el líder y que el grupo está compuesto sólo por bolivianos. Desde la cabaña, tres niños y una mujer barriguda los espían. «Se pusieron azules de miedo al vernos, barbudos y andrajosos, y al ver los distintos tipos de armas», escribe Benigno. El campesino se llama Honorato Rojas y responde a las preguntas de Inti asintiendo con la cabeza. Los críos, un niño y dos niñas, van vestidos con sacos de estopa y tienen la piel marcada por protuberancias de larvas; el niño cojea de la pierna izquierda debido a la mordedura infectada de un cachorro. Un segundo niño al que no habían visto hasta entonces está echado en una estera a la sombra. Tiene el pecho deformado y respira con dificultad. Hace menos de una semana, una mula le dio una coz, y Honorato aún no se ha decidido a llevarlo a un hospital. El estertor que sale de aquellas costillas hundidas exaspera a Moro, el médico cubano. Sugiere que lo trasladen inmediatamente a Lagunillas, ya que allí no hay nada que hacer. Honorato se encoge de hombros.

El Che, que está al fondo, pide que le saquen una foto con las niñas. En el retrato en blanco y negro aparece sucio, con el pelo largo, que se le escapa por los lados de la gorra, y los ojos ocultos bajo la sombra del ala. Ha perdido muchos kilos durante los últimos días, y la ropa le queda ancha. Unos elásticos sujetan las perneras del pantalón a la altura de los tobillos; como siempre, lleva las botas desatadas hasta la mitad. Está fumando un puro, con las criaturas sentadas sobre sus piernas. Poco amigo de bañarse (como es sabido), seguramente desprende un terrible olor a agrio.

Pombo saca billetes de dólar de un fajo voluminoso y compra todo el maíz que tiene Honorato, además de un cerdo gordo, que matan allí mismo para salar la carne. Siguiendo las indicaciones del campesino, caminarán durante diez días más, en dirección a otro río importante, el Masicurí. Pero esta vez el camino será más espeso, y sólo podrá abrirse a golpes de machete. El Che se atiborra de panecillos de maíz verde y tiene la primera diarrea aguda; se pasa todo el día 11 sin poder comer nada y sufre una crisis asmática. La carne del cerdo se termina a los dos días, y los hombres no son buenos cazadores. El trigo que le han comprado a Honorato vuelve a ser el único medio de subsistencia. «Yo salí con Marcos a buscar algo que no sea maíz [...], pero no conocemos muy bien las plantas de la región», escribe Pacho. «Ya no soporto el maíz. Desayuno: sopa de maíz. Comida: nada. Cena: pasta de maíz con agua.»

El 18 de febrero se encuentran en el margen del Masicurí; en un poblado próximo, observan movimiento de soldados en una casa encalada que sirve de cuartel. Todavía es pronto para iniciar el conflicto, afirma el comandante, y al día siguiente llegan al río Rosita. Ordena que sigan adelante, a través de un terreno montañoso y árido. Hace casi veinte días que emprendieron la marcha y Marcos, que ha manifestado su insatisfacción al evitar al ejército boliviano, sugiere que acaso haya llegado el momento de volver.

—La marcha tenía que durar veinticinco días, ¿no? Tú mismo lo dijiste... y sólo quedan seis... si nos metemos por esas quebradas de ahí, no sé yo...

Tal vez no debiera haberle dicho al comandante lo que pensaba. Ya puede vanagloriarse de que en Cuba el propio Fidel lo ascendió varias veces, que en Bolivia su autoridad es nula. El Che se siente desafiado y afirma que seguirán adelante. «¿Ya no aguantas, compañero?», le dice, y Marcos le replica preguntándole abiertamente qué clase de adiestramiento es aquél: marchan sin rumbo y nunca saben dónde están. Guevara se enciende, lo señala con el dedo y sube la voz para que todos le oigan. Dice que el adiestramiento no se ha terminado. «Se acabará cuando yo diga que se ha acabado. Si veinticinco días no son suficientes, marcharéis treinta más, cuarenta; un año si hace falta.» Para enseñarles quién manda allí, escoge los peores caminos que encuentran los batidores. Hasta Benigno percibe las dificultades. «La naturaleza nos obstruye el paso», escribe el día 19. «Nos vemos obligados a retroceder sobre nuestros pasos», escribe al día siguiente. «Seguimos andando prácticamente sin rumbo, buscando una salida en ese círculo infernal cubierto de arbustos espinosos, que tenemos que abrir a machetazos.» El propio comandante describe los esfuerzos, pero deja traslucir cierto orgullo por el dolor. «Día negro para mí; lo hice a pulmón, pues me sentía muy agotado», escribe el 23 de febrero. «Salimos con un sol que rajaba piedras y poco después me daba una especie de desmayo al coronar la loma más alta y a partir de ese momento caminé a fuerza de determinación.» Inti tiene una «fuerte cagalera», y «en la madrugada anterior oí a Marcos mandando a la mierda a un muchacho y por el día a otro».

Dos días después, Marcos desaparece en el bosque con dos batidores, y el Che envía a los cubanos Braulio, Tuma y Pacho a buscarlos. Pacho vuelve horas más tarde con la manga de la camisa rasgada, ansioso por verse con Guevara y quejarse del acto de violencia que ha sufrido. Lloriquea como una plañidera. Marcos-me-ha-cortado-mire-sólo-me-ha-dado-un-machetazo-he-tenido-suerte-de-que-no-me-arrancara-el-brazo. La voz del guerrillero desafina, levanta el brazo herido, pero no encuentra la sangre. Al regresar, Marcos lo llama maricón, pero delante del comandante Pacho es valiente y amenaza con plantarle cara. Al final, Guevara se ve obligado a intervenir. Deja a los dos sin cenar y da uno de sus largos discursos hasta bien entrada la noche, refiriéndose a ellos como «comemierdas con tacones», y les exige que se den la mano.

El 26 de febrero, la falta de sueño y las marchas forzadas han debilitado a los hombres. Cuando tienen que subir una ladera escarpada en las orillas del río Grande (sospechan que andan en círculos), tropiezan, tienen leves desmayos, se agarran a las rocas para no caer en la corriente que hay justo debajo. El joven Benjamín, que nunca ha estado tanto tiempo fuera de casa, se queja de dolor de cabeza y debilidad en las piernas a los bolivianos que tiene más cerca. Va quedando atrás mientras los guerrilleros ascienden una decena de metros. «Tropezó un par de veces», recuerda Pacho, «la mochila parecía demasiado pesada para él». Los muchachos se detienen para esperarlo; desde donde está, Benjamín puede oír las carcajadas. Sortea las rocas abruptas tratando de alcanzarlos. Marcos, que ha sido rebajado a comandante de la retaguardia, sobresale entre los demás desde una roca más alta y le grita que es un maricón, un travestido, un indio de mierda y que no piensan esperarlo más. Al reanudar la escalada, Benjamín vuelve a rezagarse.

Sin embargo, esta vez los hombres no se detienen y lo pierden de vista. Cuando llegan a una quebrada y vuelven a verlo, está lejos, terminando de escalar una pared en la dirección equivocada. Le gritan que vuelva atrás, le hacen señas. Rolando, uno de los cubanos más expertos, desciende unos metros, saltando sin esfuerzo entre los montículos, y le indica el camino. Han detenido nuevamente la marcha y, desde lo alto, les llegan los gritos del Che, que ha vuelto del grupo del centro para reprender a Marcos, diciéndole: comandante de mierda, haga avanzar a su columna. Más abajo está Benjamín, pálido y sin resuello, resbalando entre las rocas. Rolando y Pacho lo observan cuando toma distancia para saltar sobre una piedra a no más de un metro de allí. Respira hondo, da unos pasos grandes, pero en el momento de saltar parece dudar, extiende los brazos hacia delante y suelta un grito de horror.

«Desapareció por una grieta entre las rocas, como si lo hubiera chupado un aspirador», recuerda Pacho. «En realidad era una grieta sin fondo, que daba directamente al río.»

Rolando tira los trastos al suelo, se quita las botas, dispuesto a saltar. Pero allá abajo, los rápidos se han tragado a Benjamín; ni sabiendo nadar se salvaría. Hoy hemos «tenido nuestro bautismo de muerte a orillas del río Grande, de una manera absurda», escribe el Che esa noche. Pombo también añade unas pocas líneas a su diario telegráfico: «Ha sido como en el Congo». Este pensamiento parece contaminar a todos los que combatieron al lado de Guevara en África. El de cómo Mitoudidi, el único congoleño de confianza, se ahogó en el Tanganica al caer de un bote de aluminio, antes incluso de iniciar los combates. En Bolivia, la historia se repite.

Segunda parte

1.

Sentado desde hace media hora en la cafetería frente a la estación de autobuses de La Paz, un hombre se toma un vaso de café con leche y, en vano, se sacude el polvillo del pan que le ha caído encima de una barriga fláccida. Está masticando un pedazo de pan con mantequilla a la vez que observa, al otro lado de la calle, un autobús de las líneas Galgo que está a punto de salir. Se trata del argentino Ciro Bustos, y está listo para la lucha. Lleva una boina verde oscura (de poeta o de pintor), gafas de montura negra, jersey negro también, pantalones de lino grueso y botas. Tiene los múltiples bolsillos de la chaqueta de cuero repletos de pañuelos de papel, notas fiscales y monedas. Oye el motor al accionarse. El autobús vibra y expele humo, pero no hay señal de Tania todavía. Habían quedado en encontrarse allí antes de embarcar. Bustos debe de pensar que lo han engañado, que esa historia de reunirse con el Che en la selva boliviana es un montaje de sus enemigos. Observa a su alrededor, masticando el pan con un gesto mecánico y lento, en busca de rostros sospechosos.

Tania lo contrató en Buenos Aires. Se encontraron en un café en la avenida Corrientes, ella se quitó las gafas de sol y, cual ángel de la anunciación, le dijo, en nombre de Guevara, que fuera con ella, que lo habían escogido a él para liderar un gran movimiento guerrillero en Argentina. No era la primera vez que el Che lo llamaba. En la ocasión anterior, le enviaron un pasaje a La Habana, lo recibieron con una cesta de fruta en un hospedaje gubernamental y esperó durante dos semanas hasta que se le informó de que el comandante no estaba en Cuba. ¿Por qué esa vez iba a ser diferente?

—Porque el movimiento ya ha empezado en Bolivia y dentro de poco se extenderá por América —dijo ella.

Viajó a La Paz a principios de febrero de 1967. Restableció el contacto con Tania («busco profesora de alemán», «alemán comercial») y recibió dinero y un pasaje de autobús a Cochabamba. Y allí está. A última hora de la madrugada, oye cantar un gallo: no está acostumbrado a levantarse tan temprano o, más bien, la excitación no le deja dormir. Y ahora, al ver que los pasajeros hacen cola para subir al autobús, se levanta, paga la cuenta, cruza la calle corriendo para protegerse de la llovizna y entrega el billete al conductor; ha decidido que intentará encontrar al Che por su cuenta. Cuando se acomoda al lado de un niño que llora en el regazo de su madre ve, al fondo, a un sujeto de cabello color paja, gafas de sol y pañuelo al cuello: «Este personaje estaba tan fuera de lugar en medio de aquellos pasajeros como yo».

Salen con cuarenta minutos de retraso, las ventanas están empañadas, llueve con fuerza, el niño sigue llorando y Bustos siente unos dolores desconocidos. Cuando dejan atrás los límites de La Paz, oye bocinazos procedentes de fuera. Se trata de un coche que corre junto al autobús, dándoles luces; una persona con medio cuerpo fuera del vehículo grita algo, hasta que el autobús disminuye la velocidad y para en el arcén. Bustos está nervioso, no ha hecho nada malo, pero se mete las manos en los bolsillos para sacar las notas en busca de cualquier objeto comprometedor. La puerta neumática se abre y el conductor discute con una mujer que sube los escalones. Es Tania. «Yo no soy su chófer, señora», protesta, y ella le dice que ya lo ha oído, que no está sorda, mientras pasa entre las filas en busca de un asiento vacío. «Cuando se ponía nerviosa, hablaba con un fuerte acento alemán», dirá Bustos más tarde. Ella avanza, seguida de un muchacho con el pelo empapado, con la cara roja, y encorvado, con dos mochilas a cuestas y una frasquera en bandolera. Tania señala un asiento vacío, y el muchacho recorre el pasillo golpeando a los pasajeros de ambos lados. Pide disculpas al pisarle el pie a uno de ellos, y Bustos nota, por el acento, que es brasileño. Tania coge la frasquera, se sienta un poco más atrás y, como si fueran desconocidos, no vuelven a intercambiar ni una palabra. «Allí estábamos, los únicos extranjeros del autobús, mirando a todos lados sin hablarnos. Aquello no me gustó nada», recordará Bustos.

La lluvia persiste, causa deslizamientos de tierra, y el viaje, estimado en ocho horas, se extiende un día y una noche, con largas pausas a través de una carretera interrumpida. Llegan a Cochabamba a la mañana siguiente sin haber pegado ojo. La alemana es la primera en bajar del autobús, abriéndose paso a codazos entre los pasajeros, para luego cruzar corriendo el vestíbulo hacia las ventanillas. Los tres hombres se apresuran a apearse con las mochilas y se miran entre ellos, indecisos; retenidos entre indios y vendedores ambulantes, parece que vayan a iniciar una conversación. Pero al final deciden no hacerlo. La mujer regresa a paso rápido con cuatro billetes en la mano; llevan retraso para la segunda parte del viaje, con destino a Sucre. Habla con los tres por separado, les da el pasaje, les explica los pasos siguientes y, a continuación, señala un autobús que ya ha encendido el motor. Bustos pregunta si no deberían presentarse, ya que viajan juntos. La alemana lo mira con desdén.

—Tú deberías conocer mejor que ellos las precauciones que debemos tomar durante las misiones.

—Pero ya hemos tomado las precauciones necesarias.

—Agente Bustos, le prohíbo cuestionar mis órdenes —dice Tania y, con un ademán brusco, le pone en la mano un billete arrugado; el odio le impide mirarlo a los ojos.

«Parecía muy tensa», dirá el argentino.

La lluvia vuelve a intensificarse y la jornada se alarga otra vez: no llegan a Sucre hasta las once de la noche.

Agotados, se reúnen en la salida de la estación bajo una estrecha marquesina de zinc. Las gotas gruesas reverberan sobre la cubierta y bajo sus pies corre un río de fango. Tania está pálida, le tiemblan las manos, ha dicho más de una vez que no esperaba tantos retrasos, putamadre, que han perdido el tercer autobús y ahora «lo tienen complicado». Mira a ambos lados, se muerde los labios, refunfuña, repite una y otra vez que no deberían haberlo perdido. Vuelve a renegar. Ya que están allí parados, los hombres deciden presentarse. Tantean unas sonrisas y se dan la mano mientras ella se cruza de brazos y mira hacia otra parte como si fuera víctima de un motín.

«Tania dijo que iría a buscar un taxi que nos llevara hasta Monteagudo, que teníamos que salir aquella misma noche, pero yo me negué», recuerda Bustos. «Le dije que estaba agotado, que hasta podía ser peligroso continuar.» Danton se fuma un cigarrillo y sonríe; y, según recuerda el argentino, aunque João Batista siempre hace lo que ella le ordena, se resiste a seguirla bajo la lluvia. En el interrogatorio, el brasileño cuenta poca cosa sobre este viaje; sólo comenta que se había convertido en «una especie de ayudante» de la alemana.

Los tres esperan en silencio bajo aquel tejado escaso; Bustos vuelve a comentar que sería una locura partir aquella misma noche y, al parecer, los otros no se oponen. Pasados unos minutos, a la luz de las farolas ven la figura de Tania, que regresa encorvada bajo la lluvia.

—Ah, qué mierda —dice.

Coge su maleta, se la hace cargar al brasileño y cruza la calle a través del fango hasta un hotel que hay delante, absolutamente a oscuras. Los tres hombres van detrás de ella. Despierta al propietario llamando a la puerta y pide sólo un cuarto (porque «no pueden gastar dinero en tonterías»); vuelve a salirle un fuerte acento alemán. Si el dueño estaba medio dormido, ya se habrá despejado, pues la situación debe de parecerle muy extraña. Sin embargo, entrega la llave sin rechistar y los observa cuando suben a la planta de arriba. «Debió de pensar que íbamos a hacer una orgía», contará Bustos.

El cuarto sólo dispone de tres camas. Tania ordena a João Batista que se acomode en el suelo. Danton, que todavía está mojado, se deja caer sobre un colchón fino, en cuyo borde se sienta Bustos para quitarse las botas embarradas. Cuando la agente alemana sale del baño con sus gruesas piernas a la vista y la camisa desabotonada, los hombres se fijan en el volumen de sus pechos, una parte de los cuales asoma sobre el sujetador. Tania cruza la habitación sin decir nada, se agacha para coger la mochila y remueve su ropa. Bustos, que se estaba quitando una bota, ha interrumpido la acción para contemplarla, como los demás. Tania coge del montón de prendas una camiseta mal doblada y la echa sobre la cama. Allí de pie, se quita la camisa, se desata el sujetador y lo tira a un lado, se inclina para bajarse las bragas, movimiento que hace que se le muevan los pezones oscuros. Las bragas se le enrollan en los muslos; para soltarlas, levanta una pierna primero, y luego la otra. Extiende el brazo para alcanzar la camiseta y se la pasa por la cabeza. El proceso no dura más de un minuto, pero los hombres se han quedado estupefactos. Ella vuelve al baño con los pies descalzos sobre las baldosas, apaga la luz y dice que «es hora de dormir»; también apaga la luz de la habitación y se mete entre las sábanas. Se vuelve de cara a la pared, inmóvil, pero el hilo de luz procedente del pasillo revela un pecho jadeante, señal de que no está dormida.

Tania los despierta a las 4.30 h, se queja de que no pueden perder más tiempo y asegura que «ya ha encontrado el modo de proseguir el viaje». Les pide que esperen, y sale con João Batista a la oscuridad de la calle en busca de un taxi. Bustos murmura, abandona las maletas en el hotel y vuelve con Danton a la estación de autobuses; a las seis de la mañana sólo consiguen un vaso de café con una rosca rancia. Tania no aparece hasta una hora más tarde en un coche pequeño, cuyo conductor ha accedido a llevar a los cuatro. João Batista, que va en el asiento de atrás, comenta que la agente ha despertado al taxista a la fuerza y que éste no está dispuesto a llevarlos muy lejos. Se aprietan en el vehículo con las mochilas, y no se dan cuenta de la estrategia de la alemana hasta que salen de la ciudad. Tania le dice al conductor que van a Monteagudo, a pocos kilómetros de allí. Pero cuando llegan a la carretera principal —una vía de tierra repleta de baches— le informa de que, en realidad, no van a Monteagudo, sino a Camiri, que queda bastante más adelante. El hombre se niega a seguir.

—Si lo que quiere es dinero, le pagaré más —dice la alemana, y a continuación saca un fajo de billetes de la frasquera.

Espera que el volumen del fajo tenga su efecto, pero el conductor lo mira con poco interés y dice que lo acordado es lo acordado.

Los vidrios están empañados y fuera cae una lluvia intensa. Se enzarzan en una discusión. Tania lo llama comemierda, boludo y tragasables. Cuando ella le grita algo así como «tú no eres un hombre», el conductor para el coche. Mira por el retrovisor, se inclina sobre el volante y, poco a poco, da media vuelta. Tania abre los ojos con incredulidad y, por un momento, parece indefensa.

—Pero ¿qué hace?

—Regreso.

—¿Cómo que regresa?

—Sí, regreso.

A las dos horas de salir, vuelven a estar en Sucre. Danton quiere marcharse cuanto antes por miedo a que el taxista los denuncie a la policía. A mediodía, hora de comer, cogen otro autobús y tienen que pasar la noche en Padilla. Al día siguiente, después de veinticuatro horas sin intercambiar una sola palabra, llegan a Camiri. Cargan con las mochilas a las espaldas y pasean por la ciudad como turistas; los curiosos salen de sus casas para observarlos. En una calle transversal de la plaza de Armas, sobre el bordillo, hay un jeep Toyota abandonado, sucio de fango. Tania saca las llaves de la frasquera, comenta que el jeep es suyo y pide a los hombres que echen los trastos en un maletero abarrotado de periódicos, libretas y ropa enmohecida. La alemana cierra el vehículo, arruga dos multas que había prendidas en el limpiaparabrisas delantero y sugiere que coman mientras esperan al contacto. Conoce un buen lugar cerca de allí, «no muy caro». Tal es el alivio de la agente por haber llegado a Camiri, que en el restaurante se dedica a contar chistes burdos y habla alto, con fuerte acento alemán; Bustos, incómodo, mira a su alrededor: el camarero y dos mesas vecinas los observan con interés.

Después de la comida, la alemana los deja en una casa de dos habitaciones con algunas colchonetas repartidas por la vivienda. De la cocina viene un olor a comida podrida, procedente de unas latas abiertas y de las ollas. João Batista se duerme en cuanto cae en un rincón. No se despierta hasta el atardecer, con los gritos de Tania. «Creía que no ibas a volver», dice Danton forzando una sonrisa. El francés ha pasado las últimas horas fumando un cigarrillo tras otro y, según, Bustos, «está hecho un manojo de nervios». La alemana los informa de que «ha habido problemas» y que no saldrán hasta las diez de la noche. Cenan en el mismo restaurante, y el camarero, que muestra cada vez más inquietud, quiere saber de dónde son. «De la China», responde la alemana sin mirarlo. Al volver a la casa los espera un jeep. Los hombres se acomodan en la parte de atrás, Bustos echa un vistazo al maletero vacío y comprueba que no se trata del mismo Toyota en el que habían dejado el equipaje. Le pregunta a Tania qué ha pasado. Ella tarda en responder, mira a Coco, el conductor, y ambos vacilan. Al final le dice que luego hablarán de eso, y Coco arranca el coche.

—Un hombre adulto no debería preocuparse por falta de ropa —dice ella.

—Es que no me quejo de eso, joder...

—Es que no hay nada de qué quejarse —añade la alemana, que se ha cruzado de brazos y mira fijamente el parabrisas.

Danton se echa hacia delante y comenta que podría ser peligroso dejar un jeep estacionado cerca de la plaza principal, lleno de equipaje y documentos. Coco y Tania se miran; enseñando el reloj, el boliviano da a entender que no pueden perder más tiempo.

—Pero ¿y nuestras maletas? —pregunta Bustos.

Coco asegura que, en cuanto vuelvan a Camiri, cambiará el jeep de lugar.

—Cambiar el jeep de lugar no resuelve gran cosa, compañero —dice Danton.

—Y cogeremos las mochilas y todo lo que haya en el jeep, ¿de acuerdo? —dice Tania, volviéndose hacia atrás—. ¿Por qué tenéis que hacer tantas preguntas?

Está amaneciendo cuando llegan al campamento. João Batista recuerda el cansancio, la desesperación de ver aquel «claro en medio de la selva, con hombres que más parecían animales y olían a inmundicia». Tania apenas les ha dirigido la palabra desde la última discusión y, cuando se encuentra con los cubanos Arturo y Antonio, actúa como si estuviera entre amigos: sonríe y habla alto. «Pero no nos presentó en ningún momento.» Bustos y Danton hablan aparte, y el argentino reconoce que cuando alguien lo informa de que el Che todavía no ha vuelto de un adiestramiento en la selva, pensó en pedirle a Coco que le llevara de vuelta. «Allí no había nada que hacer», recordará más tarde. «Era como si yo hubiera soñado con una revolución, y me hubiera despertado en medio de aquella suciedad.»

Desde que el comandante se fue, el grupo ha aumentado. El sindicalista Moisés Guevara ha decidido unirse a la guerrilla «después de reflexionar sobre las ofertas iniciales que le hizo Papi», según cuenta un biógrafo. Ha traído consigo a siete hombres, a los que define como «guerrilleros natos», y está allí para negociar nuevos términos; quiere un cargo de influencia en la guerrilla y una suma de dinero suficiente «para reiniciar sus actividades en Oruro». En realidad, ha reunido a unos muchachos sin ninguna experiencia de combate y les ha prometido salario y comida, pero, mientras espera con impaciencia el regreso del comandante, la impostura se desmorona: sus muchachos ni siquiera saben armar una hamaca y se quejan de la escasez de comida. Dos de ellos amenazan con desertar, pero no lo han hecho todavía porque no saben cómo salir de allí. Y los cuatro al mando del campamento se niegan a repartir la comida —unas cuantas latas de leche condensada y maíz—, que apenas si les da para sustentarse.

Moisés se acerca a Bustos y, agarrándolo por la manga de la camisa, pregunta si han traído algo de comer. Bustos, asustado, dice que no habían pensado en eso y aprieta con más fuerza su bolsa de mano (lleva medio paquete de galletas que no piensa compartir con nadie). Busca a Tania con la mirada y la ve en cuclillas, hablando todavía, revolviendo una maleta. Se endereza con tres paquetes de fotos que sacó la última vez que estuvo allí, en año nuevo. Los dos cubanos y los bolivianos Ñato y Camba parecen niños manoseando las imágenes. Sonríen cuando se ven en ellas, quieren quedárselas, pero Tania les grita que no, y que no las desordenen ni manchen los bordes «con esas manos de pajilleros». Los muchachos vuelven a sonreír.

Coco tiene que regresar otra vez a Camiri para encontrarse con más revolucionarios que quieren unirse al Che. Pero se demora en el campamento y, durante esos días, los hombres del Departamento de Investigación Criminal, órgano del Ministerio del Interior boliviano, fuerzan el Toyota de Tania, que está aparcado en un lugar prohibido. Hace tres semanas que vigilan tanto el jeep como las actividades en la casa donde João Batista, Danton y Bustos pasaron la tarde; creen haber encontrado una red de tráfico colombiana que actúa en el país. Pero en medio del desorden de mochilas y papeles viejos del maletero, descubren algo que no esperaban: varios documentos de identidad de distintos países, unos cuantos pasaportes falsos y dos libretas. Una de ellas contiene la dirección de todas las personas a las que Tania conoce en La Paz; la otra, escrita en texto cifrado, contiene datos esenciales sobre la organización de la red urbana. Los agentes vacían el jeep, fotografían los documentos y vuelven a dejar cuidadosamente las pruebas en el lugar a fin de evitar sospechas. Días más tarde, cuando Coco finalmente coge el Toyota y se va, unos agentes del gobierno lo siguen.

2.

El coronel Humberto Rocha Urquieta, comandante de la Cuarta División del Ejército, con base en Camiri, no tiene acceso al informe del Departamento de Investigación Criminal, porque las dos fuerzas no sólo actúan de forma independiente, sino que además una alberga odio y desprecio por la otra. Con todo, la mañana del 10 de marzo recibe en el salón de su casa al capitán Augusto Silva Bogado, que trae información igual de sospechosa que la hallada en el Toyota estacionado en un lugar prohibido.

El capitán había sido enviado a la región de Tatarenda bajo las órdenes del propio coronel para evaluar cierta propiedad llamada California, de un tal Segundino Parada, y averiguar si el suelo era propicio para la extracción de cal. «El oficial debía comprobar que hubiera suficientes hornos, así como leña y agua, en los alrededores para desarrollar una labor de producción en beneficio del ejército», escribe ese mismo día el coronel en un informe confidencial. Una vez cumplida la misión, el capitán y su ayudante hacen dedo y los recoge una camioneta de los YPFB (Yacimientos Petrolíferos Fiscales Bolivianos), «porque no disponía de un vehículo militar debido a la precariedad común a todas las guarniciones del este del país», escribe el coronel, que en sus informes siempre encuentra el modo de solicitar más recursos a la división. En el trayecto hasta Camiri, sesenta kilómetros por un camino de tierra, los militares tuvieron tiempo de mantener una larga conversación con el chófer y su ayudante. Los funcionarios hablaron del tiempo, del pequeño campo de labranza que tenía uno de ellos, de las dificultades económicas y de ciertos hombres barbudos, «armados y mal vestidos, que surgieron de entre la selva». Tenían un acento extranjero y «disponían de mucho dinero». El capitán trató de averiguar algo más, y el conductor no vaciló en contar lo que había visto. Eran cinco hombres que habían aparecido por el campamento de la empresa unos días antes, salidos de «quién sabe dónde», con rifles y ametralladoras a las espaldas. A uno de ellos, el chófer le había vendido su par de botines porque iba descalzo. Al día siguiente aparecieron dos más, que se mojaron al cruzar el río y tuvieron que secar la ropa y los billetes que llevaban. «Era mucho: entre cuarenta y cincuenta millones de pesos.» Decían que eran geólogos de la Universidad de Potosí y que usaban las armas para cazar.

—Pero ¿qué iban a cazar, si por allí sólo hay, como mucho, apereás? —dijo el conductor.

Su ayudante también habló de otros barbudos que se habían visto en la zona de Ñancahuazú. Por la región se comentaba que eran mercenarios gringos que habían montado un plan secreto para extraer cobre. Habían comprado un terreno y «circulaban libremente por Lagunillas, acudían a los bares a beber y hacían cosas asombrosas».

El coronel Rocha Urquieta termina el informe, estampa contra el papel el sello de CONFIDENCIAL y deja el sobre a un auxiliar. Al día siguiente decide ir personalmente a Tatarenda. Ya que ha resuelto seguir adelante con la investigación, designa al capitán Silva Bogado para la misión secundaria de viajar a Lagunillas e investigar lo que le han contado sobre la extracción ilegal de cobre. Consigue dos jeeps y siete hombres; se queda con cinco y destina a dos al subalterno. «No se puede jugar con esos mercenarios», dice al capitán. En Tatarenda no encuentra nada. Habla con funcionarios de los YPFB, se queja del calor, come con el gerente en las instalaciones de la empresa, y éste le cuenta lo que ya sabía. Al final de la tarde ya está de vuelta en Camiri. El capitán Silva Bogado es el primero en pasar por la jefatura de policía de Lagunillas e interrogar a un teniente llamado Fernández, que reconoce haber robado una pistola Browning a un tipo extraño, barbudo y andrajoso en una cabaña de Ñancahuazú. Al ver que todavía tiene medio día por delante, el capitán se adentra en la maleza a través del sendero de tierra y, después de pedir indicaciones, llega a la Casa de Calamina. Salta del jeep, camina por el descampado, da unas palmadas y abre la puerta antes de que Serapio, el boliviano cojo, tenga tiempo de levantarse del rincón en el que está para recibirlo. Estaba acabando de comerse una sopa grumosa de harina (no sabe cocinar) cuando el capitán le hace salir. Éste lo acribilla a preguntas, y lo llama «traficante de mierda»; Serapio dice que no sabe nada de todo aquello y se echa a llorar. El oficial le propina un tortazo, mientras un soldado registra los sacos de grano, revuelve la ropa y vuelca la olla con el resto de la comida.

La visita de los militares surte efecto. Tres días después, el coronel Rocha Urquieta recibe una llamada de la policía de Lagunillas, que también abriga sospechas, y lo pone al corriente de ciertos acontecimientos: el domingo detuvieron a dos barbudos en el mercado central de la aldea. Estaban hambrientos e intentaban vender dos rifles M-1 a un hacendado. Los oficiales habían empezado a interrogarlos, pero «unos agentes del Departamento de Investigación Criminal, que por lo visto circulan por la región, se hicieron cargo de la custodia de los individuos y nadie más se les puede acercar», escribe el coronel en un nuevo informe. Comunica a sus superiores que se hará cargo del caso personalmente, y al día siguiente parte a Lagunillas con el capitán Silva Bogado y cinco hombres más. Exige la custodia de los prisioneros, se desentiende de los agentes del DIC, y hasta última hora de la tarde no consigue la autorización para verlos. «Los habían interrogado dos veces», escribe el coronel, lo cual significa que han recibido palizas de los policías, así como de los agentes. Ahora los barbudos también reciben palizas de los militares. El interrogatorio se extiende hasta bien entrada la noche, y los prisioneros insisten en la misma historia que han contado antes: dicen que forman parte de un grupo de guerrilleros bajo las órdenes del Che Guevara y que su misión consiste en hacer la revolución en América Latina. Huyeron porque tenían hambre y querían vender las armas a cambio de comida. Y no, no habían visto personalmente al comandante argentino, pero les habían informado de que él era el jefe. Les vuelven a pegar para que dejen de mentir de forma tan descarada.

Al final del interrogatorio, el coronel y su capitán llegan a la conclusión de que los prisioneros mienten y encubren, muy probablemente, alguna operación de refinado de cocaína dirigida por un tal Ramón, «supuesto traficante argentino». Vuelven a Ñancahuazú con escolta armada y sacan a Serapio a rastras de la Casa de Calamina. Tiran al muchacho al suelo y los soldados, entre sonrisas, se ensañan con la paliza. Pese a la falta de pruebas, se lo llevan esposado, registran nuevamente el lugar y extienden sobre el tejado una bandera roja a modo de señalización, para identificar la casa desde el aire.

Los vuelos se inician tres días después; el zumbido continuo exaspera a Antonio, el cubano designado por el Che para coordinar el campamento, a pesar de carecer de experiencia o autoridad para tan compleja labor. Antes sólo tenía a tres muchachos bajo su mando; ahora tiene al sindicalista Moisés y sus hombres, a Tania y Bustos, a Danton y João Batista y a dos peruanos más que llegaron recientemente con Coco: Chino y Eustaquio, su secuaz. Chino dice que está allí para pedir ayuda al Che con el movimiento que él mismo ha fundado en la región de Iquitos, y que debe marcharse en cuanto haya conseguido su objetivo. Al igual que el sindicalista Moisés, no acata órdenes de nadie, pues tiene afán de liderazgo. Como tampoco sabe cazar, el peruano exige que Antonio reparta la comida que queda. No pasan ni un día sin discutir.

Aparte del hambre, hay una cuestión pendiente de resolver, y es la deserción de los muchachos de Moisés. Nadie reparó en la fuga, y pasaron dos días antes de que alguien alertara a Antonio. Éste ordenó que rastrearan la selva, gritó que lo ayudaran o «serían ejecutados en cuanto el Che apareciera», pero sólo lo obedecieron sus subalternos; los demás se negaron a adentrarse en un terreno que no conocían. El brasileño se metió en la espesura y estuvo perdido toda una tarde a pesar de no haberse alejado más de veinte metros del campamento. «Ése fue mi primer contacto con la selva», dirá más tarde. «Un laberinto de paredes móviles.»

Alrededor de esas fechas, parece que Guevara ha encontrado el camino de vuelta al campamento, pero sus muchachos están demasiado cansados para sentir entusiasmo. Algunos de ellos compraron a un campesino un caballito escuálido que éste no quería vender. A falta de comida, lo sacrificaron, repartieron la carne y, al poco de acabar el festín, empezaron a tener dolores abdominales. Ahora, a tres días de terminar la marcha, cruzan un río que, según creen, es el Ñancahuazú, pero la debilidad y las ganas de llegar los vuelven menos precavidos. La balsa que transporta a cuatro muchachos se suelta de los cabos y caen a la corriente, que los arrastra al fondo. Al final de ese día sólo regresan tres hombres, sin saber qué fue del otro, un muchacho cuyo nombre en clave era Carlos. Durante la madrugada buscan al chico en balde. «Hasta ese momento, era considerado el mejor hombre de los bolivianos en la retaguardia por su seriedad, disciplina y entusiasmo», escribe el comandante. «No hemos disparado un solo tiro y ya hemos tenido la segunda baja», dice Pacho.

Cuando al fin llegan al campamento, forman una visión espantosa; Danton todavía se acuerda de la «procesión de mendigos jorobados que surge poco a poco de la oscu-

ridad, con una lentitud aterida, como de ciegos». Bustos
recuerda la camisa de Guevara, rasgada a tiras, y unas rodillas delgadas, que sobresalen por los agujeros de los pantalones. Está verde, con la piel pegada a los huesos, y lleva el
pelo sucio y reseco. Sonríe débilmente, intenta hacer una
broma («discúlpennos por el retraso»), pero pierde el equilibrio al soltar la mochila y Pombo, que va a su lado, tiene
que ayudarlo para que no se caiga. Emite un silbido asmático que silencia los comentarios. Todavía se sostiene en pie;
con las manos en la cintura, echa un vistazo a las caras nuevas y trata de identificar las conocidas. Antes de que el comandante pregunte nada, Papi se adelanta y señala a Chino
y a Moisés, y le dice que son «emisarios importantes» que
han venido a verlo. El Che se fija durante unos segundos en
João Batista. «Es el brasileño», comenta Papi, «no sé qué
hace aquí». Tania da unos pasos al frente con los brazos
abiertos; quiere hablar de muchas cosas a la vez: por qué
está allí, por qué ha traído al muchacho con ella, que ya ha
cumplido su misión... Hace amago de abrazarlo, pero él da
dos pasos a un lado. La agente se detiene, desconcertada;
desde allí debe de oír las risillas de los que están más cerca.

Guevara reconoce a Bustos, luego se queda mirando
a Danton y, a continuación, otra vez al brasileño, que tiene
el rostro petrificado y la boca abierta como un memo: acaba
de descubrir quién es ese hombre con nombre en clave «Ramón». «Pese a su delgadez, supe con certeza que aquél era el
Che.» El comandante señala con el mentón a João Batista.

—¿Quién ha traído a este mierda? ¿Tania?

Entre carcajadas y gritos, el comandante la busca,
pero ha desaparecido entre los muchachos. Antes de que
vuelva a mirar al brasileño, Antonio desvía su atención
ofreciéndole una taza de café humeante e intentando darle conversación; le pregunta cómo ha ido la jornada. João
Batista, que sigue allí plantado, observa cómo discuten,
cómo se abrazan, y se da cuenta de que está solo.

3.

El primer día de regreso, Guevara pretende poner en orden el campamento. Se tumba en una hamaca, pues está débil todavía, y Pombo se sienta a su lado como secretario particular. Quiere hablar con Antonio primero y aclarar los rumores que ha oído sobre las deserciones. El comando anda por ahí, vagando como alma en pena, a la espera de que los llamen. Guevara se irrita con los curiosos que los rodean y les ordena que hagan algo útil. Ha regresado con dos hombres menos, tiene la impresión de que en esos casi dos meses de marcha los guerrilleros no han aprendido nada. Desde primeras horas de la mañana se oyen pasar los aviones, que zumban como mosquitos gigantes. Tania sigue estando ansiosa por hablar con él, de modo que, pese a no haber sido invitada, se acerca y se sienta en un banquito que le ponen delante. No ha visto, o no ha querido ver, el gesto lúgubre de Guevara; no se ha preparado para enfrentarse a él. Antes de que pueda decir nada, él la llama vagabunda e inútil, le reprocha que traiga al campamento a quien le parece, cuando la tropa se hunde en la desorganización. «No me acuerdo exactamente de qué le dijo», dice Bustos, «pero eran cosas duras y violentas que no tenían ninguna gracia. Ella empezó a temblar, asustadísima, y se marchó llorando». El argentino recuerda bien la convivencia con Guevara. «Después de los accesos de furia, se calmaba y se iba a leer con serenidad, mientras los tipos a los que había castigado se dedicaban a vagar por allí, sintiéndose unos mierdas.» João Batista cuenta que Tania nunca volvió a recuperarse después de esa conversación. «Veía a los otros riéndose de lado, creía que se burlaban de ella... y, de hecho, es posible que así fuera.»

Entonces el Che llama a Antonio. El cubano suda, aprieta la boina entre las manos y permanece de pie, con la vista baja, mirándose las botas. Aunque le cuesta, confirma la noticia de las deserciones. El Che grita que no le oye, que lo repita, que hable más alto; ahora se ha incorporado y está sentado sobre la hamaca, atento a las palabras de Antonio. Éste repite la información (el comandante sigue mirándolo sin pestañear). El cubano le dice a media voz que el ejército ha estado en la Casa de Calamina, que lo ha registrado todo y que ha tenido a Serapio dos noches en la cárcel; que el muchacho está traumatizado, se asusta por cualquier cosa, y temen que cualquier noche intente huir. El comandante pregunta «¿quién?»; «ese que va cojo», dice Antonio. «¿Cómo? ¡Hable alto, carajo!»

—Ese que va cojo.

—Aquí nadie va cojo.

Al oír los detalles de la incursión militar, el comandante pierde la paciencia y tira la pipa contra Antonio, que no se aparta. La pipa le alcanza en el mentón, cae al suelo y se rompe. El cubano se agacha para recoger los trozos y los intenta encajar; Guevara le grita que salga de allí, «saco de mierda», salta de la hamaca entre resuellos y luego grita a los que tiene cerca:

—Pero ¿qué está pasando? ¿Qué cobardía es ésta? ¿Es que estoy rodeado de comemierdas y traidores? No quiero más cagones aquí, panda de cagones.

—Sí, comandante —balbucea Antonio y, agachado todavía, le entrega las piezas rotas, que el argentino coge de mala gana.

—Y encima se me ha roto la pipa —murmura, dejándose caer otra vez en la hamaca.

Danton es el próximo. Hablan sobre su papel en la revolución continental. Debe dejar el campamento, establecer contacto con Cuba e ir a Brasil y encontrarse con un tal Carlos Marighella. «Ya está al corriente de que recibirá una visita.» Por último, tendrá que viajar a Europa y conseguir apoyo de los intelectuales de izquierdas, entregando a Sartre una carta escrita por el propio Guevara. Danton intenta decirle que él tiene sangre revolucionaria, que su vocación es coger las armas y combatir con el enemigo «cara a cara», pero el argentino insiste en que su función está lejos de allí. «Te irás en el próximo viaje», le informa.

A continuación habla con Bustos sobre la formación de una guerrilla en Argentina. Le explica que debe ponerse en contacto con tres hombres de confianza, Jozamy, Gelman y Stamponi, y que necesita establecer «una buena línea de contacto entre Bolivia y Argentina». «Tendrá que ser un trabajo bien hecho, ¿entiendes? No como esta mierda de aquí, donde cada cual hace lo que quiere.» Bustos también debe partir con el segundo grupo, junto con Tania y «aquel burgués brasileño que la acompaña», dice el Che. «Por favor, ponlos al corriente de mi decisión.»

El viaje del grupo de Tania de vuelta a La Paz, programado para finales de marzo, debe aplazarse. El día 22 avistan a los primeros soldados subiendo por el cauce del Ñancahuazú, y el Che decide que, con la presencia de los militares, es arriesgado cruzar la selva para regresar a Camiri. En particular, habla con Rolando, el cubano al mando de los centinelas avanzados. Han visto a hombres en uniforme con armas en los hombros, como si pasearan, y podían oír sus voces a unos cientos de metros de allí. Guevara debe de entusiasmarse con la noticia; si tuviera que seguir el método de guerrilla que él mismo publicó años antes, no combatiría hasta que sus fuerzas estuvieran preparadas ni defendería una posición fija. «La guerrilla debe dispersarse por el bosque, saltar sobre el enemigo y volver a desaparecer, como una escaramuza de fantasmas», escribió. Pero tal vez no se acuerde de su libro, o siga aburrido por la falta de actividad, ya que designa al propio Rolando para organizar una emboscada río arriba.

La mañana del 23 de marzo, mientras está acostado en la hamaca con una taza de café sobre el pecho, aparece Coco, jadeante, con un mensaje de la línea del frente. Necesita tiempo para recuperar el aliento, ha venido corriendo, siguiendo las órdenes de Rolando, para alertar de que se han enfrentado al ejército y que hay muertos y heridos. El Che salta de la hamaca, parece animado, dice que Coco es como Filípides en la batalla de Maratón, que ha recorrido kilómetros corriendo para dar las buenas noticias de la victoria. El muchacho lo mira perplejo, teme ser castigado por no entender algo fundamental. El comandante se irrita, eso sí, cuando Coco confunde la información: no sabe con seguridad cuántos eran, ni el número de muertos y capturados. «Filípides de mierda», le dice. Una hora más tarde, el grupo de la emboscada aparece con catorce prisioneros en fila india, unidos por una cuerda atada al cuello, a la manera de los esclavos. Son muy jóvenes y se asustan con esos barbudos que desprenden un fuerte olor. Un soldado llora, pide que lo maten, que es hijo único. Tania camina junto a la hilera con una amplia sonrisa, les pregunta por qué luchan al lado de imperialistas. Son cerdos de la dictadura, marionetas, peones de un gobierno corrupto. Envalentonado, algún que otro guerrillero se acerca a la fila y repite los insultos que ha aprendido a medias: imperialistas, cerdos, marionetas, peones. Otros gritan y se alteran, Inti parece aprobar sus palabras, de vez en cuando lanza una mirada incierta al Che y se tranquiliza al verlo inalterado, con la pipa arreglada en la boca.

Entre los prisioneros hay un comandante y un capitán, a quienes separan para un interrogatorio, en el que «hablan como cotorras». En cuanto a los demás, examinan sus documentos y les ordenan que se queden en calzoncillos. A continuación los reúnen en un claro con las manos en la cabeza. Les dan agua, y Moro trata a los heridos. El Che no quiere escatimar en medicamentos, pretende demostrar que tienen de sobra, que están preparados para un largo combate en la selva.

Los soldados pasan la noche en el mismo claro y sufren calambres; la pequeña hoguera no es suficiente para vencer el frío helador de la madrugada. Por la mañana, el propio Che, que no soporta mantenerse en el anonimato, los vuelve a poner en fila y les dice que los soltarán y tendrán dos días de tregua para buscar a los muertos.

João Batista, apartado en un rincón, no participó en los insultos del día anterior ni se pronuncia cuando los soldados vuelven a ser atados por el cuello, entre las carcajadas de sus captores. Inti se da cuenta de que el muchacho duda y lo llama «burgués», apodo que pronto se extiende entre los cubanos, que parecen despreciarlo. Sólo le queda la compañía de cuatro bolivianos que acompañan a Moisés, a los que los demás llaman «los restos». Pasan los días tumbados como lagartos, se alimentan de sobras, piensan en huir. «No veía el momento de largarme de allí», recuerda el brasileño.

Los soldados son hallados en estado febril en un camino de tierra entre Camiri y Lagunillas. Al día siguiente son noticia: habían sido enviados en una patrulla de rutina y no esperaban una emboscada. La historia provoca una reacción violenta de la Cuarta División del Ejército. El capitán Augusto Silva Bogado vuelve a Ñancahuazú con media docena de soldados para derribar la Casa de Calamina. Esta vez está allí el indio Salustio. Lo arrastran por el pelo y lo patean sin hacer preguntas. Es esposado y, una vez en la ciudad, contará todo lo que sabe. Hacen una segunda parada en casa del vecino, Ciro Algarañaz. El hombre, que en aquel momento estaba arreglando una parte de la cerca con su capataz, un vallegrandino llamado Rosales, se levanta sonriente, extiende la mano, pero ni le da tiempo a saludar. Lo agarran por la camisa y lo empujan contra la cerca; le dan patadas, lo pisotean y le escupen. También tiran al suelo al capataz y, cuando éste intenta reaccionar, le parten la cabeza a culatazos. Muere antes de llegar a Camiri. Días después, lo presentarán a la prensa como un suicida. Algarañaz pasará nueve meses en prisión, tiempo durante el cual le robarán hasta las puertas de su casa.

En el campamento, el Che celebra la primera victoria sobre el ejército y reúne a los hombres para escoger un nombre para la guerrilla: Ejército de Liberación Nacional de Bolivia (ELN). Todavía no saben nada de la ofensiva militar contra la Casa de Calamina, ya que tienen dificultades en enviar y recibir información. Contaban con dos radiotransmisores americanos de la Segunda Guerra Mundial, conectados a un generador de gasolina, pero como los escondían en hoyos húmedos, en contacto directo con la tierra, uno de ellos dejó de funcionar en enero y, en marzo, las válvulas del otro se quemaron. Loro, al que enviaron a Camiri a buscar piezas de repuesto, pensó que sólo podría encontrarlas en Santa Cruz. De modo que fue a la ciudad, se dio un baño en la estación de autobuses, se cortó el pelo y se emborrachó (no aguantaba más las privaciones de la selva). Se metió en una riña, se gastó parte del dinero para salir de la cárcel, volvió a beber y se gastó otra parte con una india que atendía en la barra, a quien le pidió una mamada en el fondo del bar. Después de volver a gastarse dinero en bebida, perdió otra parte de la suma en una pelea de gallos. Así pues, regresó al campamento sin dinero y sin las válvulas, con el pelo y la barba cortados, contando una historia fantástica sobre unos policías corruptos que lo habían limpiado por el camino. Se quedó un día sin comer, castigo que a los demás les pareció blando. En cuanto a los radiotransmisores, quedaron abandonados en los hoyos.

Los guerrilleros también poseían un aparato de radiotelegrafía, pero no sabían usarlo. «Nos las habríamos arreglado mejor incluso con teléfonos de cordel», escribe Pacho en su diario. Ahora dependen de una radio de onda corta, que el Che trajo consigo para escuchar las noticias de Radio Habana, y con ella sintonizan esa noche las transmisiones locales sobre el combate. En una entrevista colectiva, Barrientos explica que se trata de un «acto subversivo de comunistas», y Guevara, que sigue las noticias, mira al suelo con una sonrisa irónica, satisfecho. El dictador alega, no obstante, que muchos de ellos «fueron abatidos por los bravos soldados del ejército boliviano». En ese momento el comandante tuerce el gesto y, al oír que Barrientos habla de quince guerrilleros muertos y cuatro heridos, golpea el aparato de onda corta, lo tira al suelo y se va con paso firme hasta su hamaca. «Era de fabricación soviética», relata Pacho, «y muy resistente».

Al día siguiente, mientras se balancea en la hamaca con los pies por fuera y con la radio encendida a su lado, el comandante oye en los distintos boletines una noticia que le preocupa: entre los guerrilleros, afirma el locutor, hay cubanos, franceses, peruanos y una mujer, posiblemente una agente comunista que se infiltró «en los más importantes círculos sociales de La Paz». Las autoridades todavía mantienen en secreto su nombre, ya que esperan efectuar detenciones a lo largo de las próximas horas. «Es evidente que los desertores [...] hablaron, sólo que no se sabe exactamente cuánto dijeron y cómo lo dijeron», escribe el Che. «Todo parece indicar que Tania está individualizada, con lo que se pierden dos años de trabajo bueno y paciente. La salida de la gente es muy difícil ahora.»

Sin embargo, la policía no ha obtenido la información sobre la guerrilla a partir de los interrogatorios a los desertores, sino de la agenda que Tania se dejó en el Toyota abandonado en Camiri. Ésta contenía nombres, direcciones y números de teléfono de todos sus conocidos en un texto cifrado, si bien fácil de descodificar. En La Paz, las detenciones empiezan ese mismo día. El primero es Mariucho, el más fácil de localizar. Lo cogen a la salida de la universidad, lo llevan al cuartel de Villaflores, le dan una paliza, lo ahogan en una tina y lo electrocutan. También detienen a su padre y a su hermano pequeño en una incursión del DIC en Oruro. Estarán seis meses detenidos, sin derecho a defensa.

También irrumpen en la pensión de Alcira Dupley de Zamora y, en la habitación de Tania, confiscan papeles, fotografías y cintas con grabaciones de cantos indígenas. La propietaria es esposada, y no pasa la noche en la cárcel porque tiene amigos influyentes en el gobierno. Cuando la interrogan, defiende a Tania, afirmando que la conoce muy bien y que, si viaja con frecuencia, es porque se dedica a «estudiar folclore». Entre los documentos intervenidos, encuentran una foto de la alemana junto a Barrientos durante una comida en la embajada argentina, lo cual los lleva a concluir erróneamente que se había infiltrado en su núcleo de conocidos.

Al oír las noticias sobre las detenciones y los interrogatorios en La Paz, los líderes de la red urbana abandonan la ciudad e interrumpen las actividades clandestinas que, en la práctica, habían cesado desde el momento en que perdieron el contacto con la guerrilla. «Cuando supimos que el ejército cerraba el cerco, nos temimos lo peor», dirá Saldaña años más tarde desde el exilio en Chile.

Por la noche, el comandante reúne a los visitantes. Coco y Papi, los conductores, están sentados en un rincón mientras él camina soltando bocanadas de la pipa. No aparta la vista de las botas mientras les resume lo que ha oído en la radio. Han descubierto la falsa identidad de Tania; no sabe cómo, probablemente por culpa de aquellos «bolivianos de mierda». Se queja de que está rodeado de incompetentes, se detiene con las manos en la cintura y los mira; nadie dice nada. Prosigue: en vista de lo que debe de estar pasando allá fuera, Tania, Bustos, Danton y João Batista ya no podrán dejar la guerrilla, por lo menos hasta que la situación se aclare un poco. Espera otro momento; todos siguen callados. En el diario escribirá: «Me dio la impresión de que no le hizo ninguna gracia a Danton cuando se lo dije».

Finalmente, Bustos pide que el Che explique mejor a qué se refiere con eso de que «no pueden dejar la guerrilla». Pregunta cómo, si no, establecerá contactos en Argentina. Danton está nervioso y se enciende un cigarro. «Pensé que aquello no podía durar mucho; que era una broma, una prueba quizá. Yo me limité a callar», recuerda João Batista. «Tania se había cubierto la cara con las manos, conteniéndose para no llorar, y fue la primera en marcharse.»

A la alemana es a quien más le afecta la decisión del comandante; quiere hablar con él a solas, pero él se niega. Tania pasa una noche agitada y, de madrugada, tiene escalofríos. Por la mañana llaman a Moro para atenderla. Está tumbada en la hamaca y respira con resuellos, asegura que siente náuseas, se niega a comer y tiene fiebre. El médico comenta a Antonio en un aparte que no es nada grave, sólo un reflejo del miedo. En torno al mediodía, la noticia se ha extendido a todo el campamento. Desde donde está, quizá Tania oye las risotadas y los comentarios. Antes que parecía tan valiente y hablaba por los codos... ¿y ahora se caga en los pantalones? Al final de la tarde tiene vómitos y desmayos, llora a intervalos, pero aún no ha logrado que el comandante la reciba.

Danton está abstraído, escribiendo profusamente. En su cuaderno de notas describe una atmósfera tensa. Discuten sobre cualquier cosa, como las tácticas que deben seguir ante el reparto desigual de la comida. Según éste, el Che es un comandante taciturno que se relaciona poco con los muchachos. «Aislado, sentado en la hamaca, fumando en pipa bajo una cubierta de plástico, leía, escribía, pensaba, tomaba mate, limpiaba el fusil y, por la noche, escuchaba Radio Habana. Órdenes lacónicas. Ausente.» Bustos se pasa los días rondando la hamaca del argentino, ansioso por tener noticias. «Todos ellos se apartaron en un rincón, pero eran amigos del Che», dirá João Batista. «Tenían comida, y yo no.» El brasileño se ofrece para realizar incursiones en la selva y, aunque los primeros intentos son un fracaso, su insistencia llega probablemente a oídos del comandante. El 29 de marzo es designado para formar parte de una patrulla liderada por Benigno. Toma la primera comida decente en semanas y, momentos antes de marcharse, le dan un fusil.

4.

A principios de abril, en el aeropuerto militar de Santa Cruz aterriza un DC-1 plateado y sin insignias en el que va un hombre delgado y canoso con gafas de espejo. Lleva un uniforme verde oliva y una mochila de campaña; lo esperan unos militares bolivianos vestidos de uniforme completo (medallas, quepis y botas lustrosas). El coronel Andrés Selich se adelanta para saludarlo. El hombre que cruza la pista de aterrizaje es el comandante Ralph W. Shelton, «Pappy», boina verde del ejército norteamericano y experto en guerra de guerrillas, que acaba de volver de Vietnam. Van a pie hasta el cobertizo principal e intercambian sonrisas, pero pocas palabras. Shelton forma parte de un plan a largo plazo entre Estados Unidos y Bolivia, firmado dos años atrás por el antiguo embajador, Carl Johnson, para prevenir el avance comunista en América Latina. Este acuerdo supuso un elevado coste político a Barrientos, pues tuvo que repartir sumas de dinero y cargos entre los generales de extrema derecha refractarios a cualquier ayuda internacional.

También tuvo que encontrarse con el mentor intelectual del grupo, a quien prometió el cargo de gerente general de la recién creada Compañía Transmarítima Boliviana a cambio de apoyo. Se trataba de un alemán que vivía con su mujer y sus dos hijos en una propiedad bien protegida a ciento cincuenta kilómetros de Santa Cruz y que respondía al nombre de Klaus Altmann. Pero tanto los militares como sus vecinos sabían que aquel señor bajito y medio calvo, circunspecto y bien educado, escondía un pasado deshonroso. Altmann era en realidad Klaus

Barbie, un oficial nazi huido de Alemania después de la Segunda Guerra Mundial. Vivía en Bolivia desde 1951 bajo protección militar y era una persona muy influyente en los círculos de poder.

Para encontrarse con él, Barrientos emprendió un viaje insólito, que no se confirmó hasta años después, de la mano del investigador Ernesto Gálvez, en una obra desorganizada y redundante en cinco tomos sobre la historia de la guerrilla boliviana. Gálvez publica en ésta una entrevista de 1998 con el ex secretario particular de Barrientos, Carlos Miraflores. Ya octogenario y falto de lucidez en algunos momentos, Miraflores confirma que dicho encuentro existió y que él fue el único testigo, pero no proporciona ningún detalle relevante por estar sufriendo, ya en esa época, una enfermedad degenerativa que lo llevó a la muerte al año siguiente. «Barbie vivía realmente en la propiedad de La Pedrita y nos recibió con mucha cordialidad», declaró a Gálvez.

Viajaron con una escolta de pocos hombres. La falta de indicaciones en aquel laberinto de caminos obligó a la comitiva a parar más de una vez para pedir direcciones. Los agentes de seguridad se quedaron fuera; el general y su secretario cruzaron a pie la hierba hasta la terraza de la casa colonial, donde los esperaba el Carnicero de Lyon. «Se rió, preguntó si nos había costado encontrar el camino», recuerda Miraflores. «Tenía un apretón de mano flojo.» El diálogo que se añade a continuación se ha extraído del cuarto tomo de la obra *El Che en Bolivia*.

Pregunta: ¿Qué ocurrió allí?
Miraflores: Klaus Barbie tenía una empleada negra y muy gorda que nos trajo café.
Pregunta: ¿Algo más?
Miraflores: Buñuelos.
Pregunta: ¿Y luego?
Miraflores: El presidente me pidió que los dejara, no quería que nadie los molestara. Les dejé hablar a solas

en la terraza. Me fumé un cigarro con los agentes de seguridad. Las vistas eran muy bonitas.

Pregunta: ¿Y qué más?

Miraflores: Klaus Barbie iba de negro. El presidente llevaba ropa de montería.

Pregunta: ¿De qué color?

Miraflores: Caqui.

Pregunta: ¿Qué dijo Barbie?

Miraflores: Que apoyaba la decisión. Los americanos eran buenos para el trabajo.

Es posible que el ex secretario estuviera delirante cuando dio estas respuestas a Gálvez, pero lo cierto es que, en esa época, el ala radical aceptó la ayuda norteamericana y afianzó la colaboración con otros países. A finales de 1965, oficiales bolivianos estuvieron en Brasil, y al año siguiente en Argentina, con el propósito de cerrar acuerdos sobre adiestramiento conjunto en regiones fronterizas, venta de armas y contratación de profesores para administrar técnicas de tortura en las escuelas militares de Santa Cruz y La Paz.

Ahora, en 1967, Pappy Shelton es el primer oficial americano que desembarca en el país, y lo hace con la misión de crear una unidad completa de *rangers* bolivianos en seis meses. Desde el enfrentamiento con los guerrilleros en la selva, el ejército exige prioridad en el adiestramiento de una división especializada en «combate a subversivos». El mismo día de su llegada, el americano tiene una reunión con miembros del Estado Mayor. Décadas más tarde, en su libro de memorias *My Struggle for Freedom* [Mi lucha por la libertad], dedicará un capítulo entero a Bolivia. «Le pedí al coronel [Andrés Selich] que me confirmara que aquel combate había ocurrido realmente y cuántos guerrilleros eran», relata Shelton. «Me lo confirmó, y reconoció que los supervivientes hablaban de una fuerza de entre doscientos y trescientos hombres que habían salido de la selva y disparaban con precisión. En el mismo momento concluí que no eran más de treinta hombres, que a finales de ese año ya estarían liquidados. Pero aquel coronel —una figura típica de las dictaduras latinoamericanas— al que intentábamos ayudar en vano mantenía el gesto fruncido y parecía no haberse creído ni una palabra de lo que le dije.»

El capítulo de Shelton sobre Bolivia, aunque tedioso en su mayor parte, resulta grandioso cuando prescinde de relatar las minucias del adiestramiento y el peligro soviético (publicado en la década de 1980, el libro aún advertía sobre la amenaza de un invierno nuclear) para pasar a describir a las personas a las que conoció en el país latinoamericano. De particular interés es la figura de Barrientos, «un sujeto impulsivo y de pequeña estatura». «Cuando se reunía con sus subalternos, gritaba tanto que se le ponía la cara morada. Los llamaba "comemierdas", "tragasables" y demás insultos que yo nunca había oído», escribe. «Yo no sabría hasta años más tarde que el legendario Che Guevara se dirigía a sus hombres con la misma ferocidad.»

Shelton añade que, a solas, el general era un hombre risueño, pero «dado a las fantasías exóticas. Parece obcecado con la historia que le han contado de que Butch Cassidy y Sundance Kid fueron enterrados en un pueblo boliviano llamado San Vicente. "Usted, que es americano, debe de saber estas cosas", me decía. Comentaba que había realizado investigaciones previamente y que en breve organizaría una expedición para buscar los restos mortales».

El escritor Bruce Chatwin, un viajero inglés también dado a las fantasías, menciona el episodio en uno de sus libros. Después de una etapa inicial robando caballos en el Medio Oeste americano y tras cumplir dos años de cárcel en la prisión estatal de Wyoming por un asalto que no cometió, Cassidy reunió un grupo de pistoleros, con los que asaltó trenes entre 1896 y 1901. Acosados por los agentes de Pinkerton, Cassidy, Sundance Kid y Etta Place huyeron a la Patagonia, donde montaron un almacén comercial. Cuando se aburrieron del negocio, se dedicaron a asaltar bancos entre 1905 y 1907 y, al año siguiente, se hallaban en Bolivia trabajando para un tal Siebert en una mina de estaño en Concordia. Supuestamente murieron en San Vicente en diciembre de 1909, cercados por el ejército boliviano en un palacete de adobe, tras haber robado el dinero del salario de los mineros. Según Chatwin, Barrientos organizó una primera expedición hasta San Vicente, donde revolvió el cementerio para enfado de sus habitantes. No encontró nada; según se contaba en la época, se equivocó de ciudad. Los forajidos, al parecer, habían muerto en una mina de San Vicente, en Potosí, y no en Cochabamba. Indignado con la insatisfacción popular, ordenó que los cuerpos fueran mezclados y enterrados arbitrariamente. Nunca más quiso saber nada de tumbas.

Shelton no es el único refuerzo norteamericano procedente de Bolivia ese abril de 1967. Una semana después de su llegada, desembarcan en el mismo aeropuerto dos hombres de piel morena y pelo negro, que visten con ropa de civil y tienen acento cubano. El más delgado, con las mejillas hundidas y bolsas bajo los ojos, se llama Gustavo Villoldo y atiende al nombre en clave de «Dr. González». Natural de Trinidad (Cuba), huyó a Estados Unidos con su hermano pequeño y su madre justo después del golpe militar de Fidel. Su padre, productor rural y político de centro-derecha, quedó atrás con la esperanza de salvar la propiedad, pero fue detenido en la fortaleza La Cabaña y, luego, ejecutado. Desde muy temprano, Villoldo intervino en las operaciones clandestinas de la CIA. Participó en la invasión de bahía de Cochinos y, posteriormente, se hizo especialista en técnicas de interrogatorio y tortura. Para eso viene a Bolivia. El otro hombre mide un metro ochenta, está algo por encima de su peso y tiene los ojos pequeños y la cara redonda. Se trata de Félix Rodríguez. Al igual que

Shelton, escribirá décadas más tarde un libro de memorias en el que narra su misión en Bolivia. Se acuerda con cierta nostalgia de la casa grande de Sancti Spiritus donde nació y creció; de su empleada Mínima, que, a una edad ya avanzada, pidió un muchacho para que la ayudara; de las extensas plantaciones de caña de azúcar de la familia; de la próspera carrera política de su padre, hombre emprendedor y católico de ideales liberales; del mar azul en la playa de Varadero, donde pasaba las vacaciones de verano. A los doce años, decidieron enviarlo de viaje de estudios a Estados Unidos. No quería separarse de sus padres, pidió que le dejaran quedarse. En el cielo, «las nubes se deslizaban por un azul violeta, como en una película acelerada». Félix se acuerda bien de aquel día. Su padre movió la cabeza y dijo:

—Hijo, déjame aclararte algunas cosas. Tú aún eres joven y no entiendes lo que significa estudiar fuera de Cuba. Es muy importante.

—¿Por qué? —preguntó el niño—. Aquí tenemos todo lo que necesitamos.

El padre observó el cielo.

—Tienes razón, Félix. Aquí tenemos de todo, pero nada es para siempre.

En septiembre de 1954, el niño fue matriculado en la escuela secundaria de Perkiomen, en Pennsburg (Pensilvania). Cinco años después, en Cuba, el gobierno de Batista caía mientras la familia estaba de vacaciones por México. Ante la imposibilidad de volver a su tierra natal, siguieron a distancia la expoliación de sus bienes. Por entonces el muchacho tenía diecisiete años y decidió unirse a los expatriados que pensaban invadir Cuba con el apoyo del dictador Trujillo desde República Dominicana. Partió contra la voluntad de su padre, participó en diversos adiestramientos; el dinero escaseaba y, por primera vez, pasó hambre. La iniciativa de la invasión se desintegró debido a las disputas internas, y Félix ni siquiera llegó a salir del campamento.

A su regreso a Estados Unidos, prometió a sus padres que llevaría una vida normal. Terminó la escuela secundaria y, en 1961, cuando tendría que haber ingresado en una facultad, volvió a afiliarse al servicio clandestino anticastrista. Se decía que un rico exiliado cubano, antiguo productor de azúcar, costearía las operaciones, pero sabían desde el principio que aquel señor, que apenas se movía en una silla de ruedas, era el testaferro del servicio de inteligencia norteamericano. Félix empezó a participar en operaciones de vigilancia y espionaje; luego viajó a Cuba, donde pasó dos meses infiltrado en una ciudad costera, captando transmisiones codificadas de La Habana. En 1964, obtuvo permiso para visitar a su padre, que agonizaba en un hospital privado de Miami, consumiendo así los últimos recursos de la familia. Aquel hombre, otrora atlético, yacía en la cama como una alfombra vieja; a las dos semanas, ya había muerto. De rodillas junto a él, Félix le prometió que destruiría el régimen que había dejado a la familia en semejante penuria. «Yo tenía veintiséis años, era padre de dos hijos y, como muchos de mis compañeros exiliados, había estado en guerra durante casi una década», relata éste.

En Bolivia, su principal función es adiestrar a los militares en técnicas de guerrilla y espionaje. Antes de desembarcar en el aeropuerto militar, ha tenido tiempo de leer un informe sobre el primer enfrentamiento entre el ejército boliviano y los «hombres de la selva». Teniendo en cuenta los detalles de éste, no le parece que los soldados fueran víctimas de una emboscada cubana clásica, aplicada desde los años cincuenta. También le han informado acerca de desertores que han confesado haber participado en una guerrilla compuesta por extranjeros. Él y el Dr. González pretenden interrogarlos; sospecha que detrás de esos prisioneros puede haber algo mayor; algo contra lo que se han estado preparando desde hace mucho tiempo.

5.

Por las noticias que oyen en la radio, parece que el ejército esté rodeando el campamento y que dentro de poco vaya a cerrar el cerco; la noche anterior, supieron que el antiguo propietario de la casa de Ñancahuazú, don Remberto Paredes, fue detenido bajo sospecha de acciones clandestinas. Cuando volvieron a la Casa de Calamina bajo órdenes de Guevara, había soldados montando guardia. Cruzaron tiros, los muchachos de la guerrilla retrocedieron, y Loro dijo que mató a dos centinelas, pero tiene fama de borracho, y los demás no lo confirman. Ya es habitual por las mañanas oír el zumbido de los aviones de reconocimiento volando bajo, y temen que los avisten tarde o temprano. Durante dos días el Che se queda paralizado; no sabe si les conviene cambiar de lugar o no. Al tercer día decide que hay que salir de allí cuanto antes. Pone a todo el mundo a trabajar; retiran aparatos, provisiones y fotografías de las cuevas, que tapan, y lo trasladan a un nuevo campamento, El Oso (llamado así porque allí cazaron un oso hormiguero con el que prepararon un guiso). El trabajo es frenético; en el diario, Pacho escribe: «Hace días que no dormimos nada». El Che grita a los hombres, Marcos azota a un boliviano que se ha caído de agotamiento e Inti amenaza con castigar a los débiles con rigor. A causa de la desorganización y el delirio, no llegan a retirar todos los documentos esparcidos por el suelo.

A las 3.30 de un lunes, parece que el trabajo está terminado, pero los muchachos no tienen tiempo de descansar, ya que el Che, preocupado todavía por la falta de seguridad y empujado por la presión que él mismo ha creado, ordena que inicien la marcha en ese mismo momento. Todos deben preparar sus mochilas para partir. Tania dice que no puede acompañarlos, insiste en que tiene que volver a La Paz, pero no le hacen caso. Cae al suelo como si se desmayara, luego llora, espera en vano poder hablar con el comandante, las piernas le tiemblan. «¿Cómo voy a andar con fiebre?», balbucea, con gruesos mocos cayéndole sobre los labios.

Toman la ruta que bordea el río Ñancahuazú y avanzan en fila india, muy cerca los unos de los otros. Los líderes de la vanguardia, del centro y de la retaguardia gritan para que mantengan veinte pasos entre sí —pues tal como están situados son blanco fácil para el enemigo—, pero los bolivianos no han aprendido nada y los visitantes no quieren perderse. Llegan al tramo donde se entabló el primer combate; los rayos de sol se filtran por las copas de los árboles punteando el suelo con luz. Están callados, impresionados con la escena: los soldados no regresaron para retirar a sus muertos. De los siete cadáveres, sólo han quedado «esqueletos perfectamente limpios», escribe el Che, «en los que las aves de rapiña habían ejercido su función con toda responsabilidad». Pasan circunspectos por delante de aquellos huesos que brillan de tan blancos sobre la capa de hojas putrefactas; secuencias enteras de piezas y articulaciones unidas unas con las otras, mandíbulas abiertas de par en par, como si sonrieran. «Muñecos de una clase de anatomía», recuerda Pacho, «que me atemorizan en sueños».

El silencio se rompe con unos gritos y sollozos; Tania, que les va a la zaga, acaba de ver los huesos. Camina con la ayuda del cubano Alejandro, que también va quedando atrás; sospecha que ha contraído la malaria. Tiene que hacer un esfuerzo para no dejarla caer, pero ella lo araña y grita. Moro corre a ayudarla, le pide que se calme. El comandante ha advertido que no se detendrá por los enfermos.

La marcha los conduce hasta la Casa de Calamina. Actuando una vez más contra sus propias enseñanzas, Guevara decide que volverán a tomarla. La vanguardia, bajo el mando de Benigno, llega al lugar a las 8.30 y queda a la espera de notar algún movimiento en la cabaña. Una hora más tarde aparece el grupo central. Cercan la casa y, cuando el Che da la señal, los muchachos de la vanguardia salen del bosque empuñando rifles, agachados, con pasos rápidos. Benigno da una patada a la puerta, grita «hijos de puta, salid de ahí» y desaparece de la vista de quienes aguardan fuera. Cuando vuelve, lleva el rifle sobre los hombros, hace señas para indicar que todo está tranquilo. Ha reconquistado la casa solo, y sin un solo tiro; y es que el ejército la abandonó hace unos días. A su paso dejaron un saco de trigo destripado y tacos de carne podrida colgados fuera. Para los que todavía pasan hambre, aquello es un descuido del ejército, y un regalo; se disputarán los trozos a guantazos.

Deciden almorzar allí mismo. Benigno ha calentado agua para el mate, el Che se lo toma negro y sin azúcar, en cuclillas, con João Batista, Bustos, Danton y el peruano Chino, que están de pie a su alrededor. Les dice que tienen tres opciones. Pueden permanecer en la guerrilla y abrazar la lucha armada; abandonarla en aquel mismo momento y marcharse por el caminito de tierra; o esperar uno o dos días más para irse con Tania, a la que el comandante ya ha decidido despachar en cuanto pasen cerca de alguna aldea. João Batista está indeciso, no dice nada. Chino pretende quedarse unos días más; ha visto que el comandante lleva fajos voluminosos de dólares y quiere apoyo en forma de dinero para su guerrilla peruana. «[Bustos y Danton] eligieron la tercera», escribe el argentino. «Mañana probaremos suerte.»

Al día siguiente toman una finca pequeña. Los guerrilleros salen disparados del bosque de forma desorganizada, después de que el Che haya intentado poner orden en la línea de ataque, formando tres flancos. «Parecen indios, gritan y corren en círculos alrededor de las cercas», escribe. En la finca sólo hay un peón, que duerme en el umbral de la entrada con un sombrero de paja sobre el rostro. Al oír los gritos, salta pataleando y huye selva adentro; el Che no quiere que disparen a civiles, pero los hombres descargan al voleo a pesar de las órdenes de alto el fuego. Asustado, el pobre peón tropieza con una raíz, cae de bruces al suelo y, antes de poder levantarse —tiene la boca llena de sangre y tierra—, dos hombres saltan sobre él. Vuelve a intentar huir, levanta la cara y se lleva un tortazo de Marcos, que venía por detrás. Inti aparece enseguida pidiendo orden. Se arrodilla al lado del prisionero y le ruega que no tenga miedo, que ellos han venido a liberar a los campesinos del yugo capitalista. El Che Guevara no ha salido de entre los árboles, se lamenta llevándose una mano al rostro; probablemente está pensando en el trabajo que tendrá todavía para domar a aquella banda de fieras. El pobre peón escupe sangre. Al fondo, el ex sociólogo Loro corre detrás de una gallina, para diversión de un grupo de bolivianos.

Ese mismo día, el ejército vuelve a recorrer el río Ñancahuazú y encuentra un campamento abandonado recientemente. Según algunos testigos, los perros lo huelen a distancia debido a las fosas sanitarias mal cubiertas. Los hombres de la Compañía A, bajo el mando del comandante Rubén Sánchez, son los primeros en llegar. Desde el claro principal, hacen señas a los aviones de reconocimiento y, al ser confundidos con los guerrilleros, una bomba que explota a no más de quinientos metros de allí casi les hace saltar en pedazos. «Su putamadre, que me matan del corazón esos bandidos», dice el comandante Sánchez con un grito ahogado al suboficial.

El militar identifica los puntos de vigilancia, la cocina, la zona de los dormitorios, los troncos con forma de mesa y, en todo el perímetro de las instalaciones, trincheras concéntricas, «como si los guerrilleros se estuvieran preparando para una guerra de posiciones». Encuentran las cuevas que servían de escondrijo y, en poco más de una hora, descubren los documentos que dejaron atrás: diarios, mapas, fotos y negativos enmohecidos. La afición del Che por la fotografía se había extendido entre los subalternos. Durante las semanas que estuvieron allí, se han retratado en todos los quehaceres diarios y han posado empuñando armas, sonrientes. Tres álbumes de un laboratorio de revelado de Kodak en La Paz llaman especialmente la atención. Son imágenes que Tania captó durante su breve visita a finales de 1966: Arturo tumbado en la hierba, tratando de sintonizar la radio; Benigno y Marcos comiendo en marmitas de aluminio; Moro echado sobre las mochilas, observando a Pombo y Braulio en primer plano; Miguel e Inti sonriendo entre las rocas de un río. La imagen más comprometedora es hallada dentro de una bolsa de basura, sujeta con un elástico a un fajo de notas fiscales y papeles amarillentos. Se realizó durante los primeros días del Che en el campamento. Éste aparece en primer plano, sentado en un suelo cubierto de hojas, calvo y con gafas todavía, con los brazos apoyados sobre las rodillas. Al fondo están Pacho, Loro, Tuma y Papi. La imagen, que al principio llama poco la atención de la Compañía A, es la primera prueba de la presencia del argentino en Bolivia.

El 10 de abril, Barrientos decide que ha llegado el momento de divulgar los progresos del ejército, y el gobierno invita a un grupo de periodistas a visitar el lugar. Los reporteros, que tienen absoluta libertad para explorar el terreno, no tardan en encontrar una fosa camuflada, más grande que las anteriores, «bajo una plantación de hortalizas, cerca de donde debía de estar la cocina». Ésta contiene comida en lata, piezas de reposición de los radiotransmisores y más documentos. Héctor Pracht, del diario chileno *Mercurio,* relata el descubrimiento de municiones fabricadas en la República Dominicana, periódicos argentinos antiguos, latas de leche condensada norteamericanas y un fajo de fotografías desenfocadas, entre las cuales hay una de Guevara aún sin barba, pero ya vestido de uniforme y con la pipa. El periodista Murray Sayles, de la Associated Press, describe más fotos, guardadas en tarros de compota, así como «una copia del discurso de Vo Nguyen Giap doblada cuidadosamente, con anotaciones a lápiz en los márgenes del papel». Un boliviano llamado Ugalde, «fotógrafo de la presidencia», encuentra un diario, postales y otras imágenes, escondidos en una lata de metal en la cocina.

Guevara escucha con mala cara las primeras noticias sobre el hallazgo del campamento y la posible implicación de cubanos en la guerrilla, «incluidos miembros del alto escalafón del gobierno de Fidel Castro». Se encuentran en el margen del río Ñancahuazú, acampados a unos kilómetros de allí. El comandante, según sus hombres más próximos, pasa la madrugada despierto, leyendo y haciendo anotaciones. Es casi por la mañana cuando recibe al Negro, que acaba de llegar de un puesto avanzado, donde montaba guardia, con la noticia de que ha visto a quince soldados subiendo por el río. Si el destacamento sigue por el sendero, caerá en la emboscada que ha montado Rolando, el cubano más experto del grupo, que lideró el primer combate. «El Negro salió en ese mismo instante para transmitir mis órdenes», escribe el Che. «No había nada que hacer salvo esperar.»

Los siete hombres bajo las órdenes de Rolando han pasado la noche apostados en ambas orillas del río, turnándose en la guardia. Duerme poco, camina entre los guerrilleros como una aparición, apenas cierra sus ojos noctámbulos mientras escucha los sonidos del bosque. Durante la primera comida del día, el Negro llega y les transmite las instrucciones de Guevara; Rolando despierta a los que están fuera de turno, coloca a los hombres en posición y se echa detrás de una gran roca, desde donde alcanza a ver la curva del río. Hacia ellos se dirigen los hombres de la segunda sección, con Luis Saavedra Arambel al frente. Los soldados han oído las historias sobre los enfrentamientos con «hombres barbudos del mismo color que los árboles», pero les parecen relatos fantásticos que nada tienen que ver con el agotamiento y la sed, con los pies mojados, los mosquitos y las órdenes inexplicables de recorrer un río de madrugada sin saber qué buscan. Están exhaustos, cargan las armas con displicencia, hacen ruido al desplazarse por el agua. Están demasiado cansados para ver, por ejemplo, la cabeza clara de Rubio, mal escondida detrás de una roca a pocos metros del cauce. Tampoco ven a Pedro agazapado en la quebrada del río, medio hundido en el fango. El soldadito que va delante, a pocos pasos del teniente Saavedra, vuelve el rostro hacia la orilla derecha y se queda parado al ver la forma de un negro, congelado cual animal al acecho, y el blanco de unos ojos abiertos como platos, clavados en él. El soldadito no llega a gritar, apenas si tiene tiempo de abrir la boca; Braulio da dos disparos y el muchacho cae al río de espaldas. Al instante los tiros zumban a ambos lados del río; algunos soldados caen, se arrastran. Los que están más atrás sueltan el peso de la mochila y huyen protegiéndose la cabeza. El tiroteo no dura más de un minuto; el teniente Saavedra flota con un tiro en la cabeza. Un soldado se aprieta la barriga con la mano ensangrentada, tratando de contener el intestino. Hay otros dos tumbados, inmóviles. Un cuarto muchacho, en estado de shock, tiembla agarrado a una roca; acabarán dándole unos cuantos culatazos para arrancarlo de allí.

Los guerrilleros también tiemblan, sus brazos parecen de plomo. Finalmente, algunos de ellos sonríen al ver que acaban de superar su bautismo de fuego. Pero entonces oyen a Pedro, que los llama, tambaleándose en el agua; cuando se aproximan, el muchacho señala a un rincón. Es el cuerpo de Rubio, tendido detrás de una piedra musgosa; tiene convulsiones debido a los últimos reflejos involuntarios, por la boca le cae un hilo de sangre y tiene los ojos en blanco. Todos se agachan, hablan a la vez, gritan su nombre y lo sacuden. Tiene un agujero en la sien izquierda y la oreja derecha arrancada por la salida de la bala. Ninguno de ellos sabría decir si en ese intenso pero breve combate algún militar ha tomado represalias. Sólo recuerdan haber visto a unos cayendo y a otros gritando al huir. Guardan silencio mientras en sus cabezas bullen las hipótesis. Rolando está agachado junto al cuerpo, ponderando de dónde puede haber venido la bala. No quieren pensar que Rubio ha sido abatido por el fuego cruzado entre las orillas del río; que Rolando, ese experto comandante, los ha dispuesto a unos contra otros y que pueda haber más bajas. Braulio es el primero en decir que sí, que cree que algunos soldados han disparado a su vez. El silencio que recibe por respuesta basta para desmentir sus palabras, pero es la versión que contarán a Guevara al volver al campamento con Rubio a cuestas. Dejan el cuerpo del muchacho, ya endurecido, a los pies del comandante. «Tenía las rodillas dobladas en una posición extraña, hacia dentro», recuerda Bustos. «Asustados ante toda aquella sangre, tensos por la batalla, habían olvidado cerrar los ojos del cadáver.» La reacción del Che es fría. Interroga a uno de los soldados capturados (el otro delira y no sobrevivirá al final del día), pero no obtiene nada relevante. Calcula que, en cuanto los militares encuentren a los supervivientes, enviarán otro destacamento por el mismo recorrido. Así pues, pide a Rolando que monte una nueva emboscada, esta vez a un centenar de metros río abajo, «para coger a los soldados desprevenidos», dice, «en un punto de Ñancahuazú que consideran seguro». Quiere una masacre. Rolando está extenuado, acaso por el peso del fracaso, pero acepta la misión. Si quiere una carnicería, la tendrá.

El regreso de los supervivientes levanta alboroto entre los militares. «Algunos giraban los ojos, como poseídos; otros vomitaban en cuanto dejaban de andar», dirá el comandante Rubén Sánchez, de la Compañía A. Él ha sido el escogido para encabezar el nuevo destacamento. Los subtenientes Jorge Ayala y Carlos Martins lo acompañan, uno a vanguardia, el otro a retaguardia. Parten ufanos, jactándose de que aplastarán al enemigo, «hasta que no quede nada de él». Dos horas después, los vencen el sol y las dificultades de marchar a lo largo de la orilla. Con el ansia de salir con un equipo ligero, comprueban que tienen poca comida si los obligan a pernoctar en el bosque. Caminan a tropezones y resbalan en las piedras del río. Ayala, que avanza al frente de la vanguardia, pregunta constantemente al cabo —el único superviviente que ha accedido a llevarlo hasta el lugar de la emboscada— si todavía queda mucho para llegar.

—Todavía queda —responde el cabo.

Es lo último que dice antes de la lluvia de balas que lo derriba; también derriba al subteniente Ayala; tiros «que parecían venir de todas direcciones, como si los árboles dispararan contra nosotros», recuerda el comandante Sánchez. Éste se encuentra a una decena de metros de la vanguardia; esquiva dos tiros y salta a esconderse detrás de una roca mientras sus hombres siguen cayendo. Un informe del ejército revelará que el comandante, «al considerar inútil cualquier resistencia, dado el terreno desventajoso en el que se encontraba, ordena a su gente que se rinda. El subteniente Martins», de la retaguardia, «huye desordenadamente».

Al final de ese mismo día, el comando, sin recibir noticias de la última expedición, decide enviar un tercer destacamento al mando del teniente Remberto Lafuente Lafuente. Ya es de noche cuando se encuentran a los fugitivos de la retaguardia bajando por el río, pidiendo ayuda a gritos. Por cautela, acaso por miedo, el teniente monta una línea de defensa allí mismo; alega que así podrá evitar un ataque sorpresa de los guerrilleros. Pasan la noche escondidos, sin siquiera encender un cigarrillo, a pesar de recibir por radio órdenes de avanzar. No reinician la marcha hasta el día siguiente. En un momento dado, cuando oyen voces por delante, se detienen. No disparan únicamente porque —conforme dirán más tarde— quienes se acercan ofrecen una extraña visión: son hombres en calzoncillos que les hacen señas; marchan en fila india, con un gordito, Sánchez, a la cabeza. Está exhausto, habla poco. No han tenido suerte en la lucha contra aquellos hombres, dice, y añade que no salían de la emboscada mientras disparaban y, en el bosque, eran invisibles. Él y otros veintidós supervivientes fueron capturados; han pasado la noche en blanco, mientras los interrogaban personas con «acento extraño». Dicho esto, se deja caer sobre una piedra y toma la cantimplora que le ofrece el teniente. Con un suspiro, entrega a su superior unos papeles doblados que llevaba en el elástico del calzoncillo. Son dos copias del primer informe del ELN, dictado días antes por Guevara. El teniente Lafuente Lafuente lee aquellas líneas apretadas, escritas con una cuidadosa letra redonda sobre papel pautado, acerca de la primera victoria contra el ejército: «Los guerrilleros de la libertad triunfarán sobre el yugo capitalista y sanguinario». El teniente vuelve a doblar los papeles y se los mete en el bolsillo. «Hatajo de hijos de puta», comenta, mirando la selva a su alrededor. «Escriben como niñas.» Otros lanzan insultos al bosque, en desafío. Pero la valentía no los empuja río arriba. En ese momento ya son once los muertos, y Lafuente Lafuente, oficial de carrera, tal vez no quiera ser el siguiente.

6.

Después de recorrer desde las seis de la mañana el río Ikira, afluente estacional del Ñancahuazú, los guerrilleros llegan al pequeño poblado de Bellavista. El grupo es reducido, el Che dejó a Pedro y a dos más cuidando a Tania y Alejandro, ya que, al estar con fiebre alta, entorpecían la marcha. Oyen por la radio que «los norteamericanos anuncian que el envío de asesores a Bolivia responde a un viejo plan y no tiene nada que ver con las guerrillas». «Quizás estamos asistiendo al primer episodio de un nuevo Vietnam», escribe Guevara.

El grupo se ha vuelto inestable; acusan a Papi de reservarse más munición para él y, cuando el comandante lo interroga, dice que «los bolivianos no saben disparar». Benigno, el jefe de la cocina, se queja de que le han robado cuatro latas de leche condensada, y el culpable se niega a aparecer. En un primer acceso de furia, el Che grita que hasta que el ladrón no se identifique se quedarán sin comer; tendrá que revocar la orden horas más tarde, cuando cubanos y bolivianos se peleen a guantazos acusándose los unos a los otros.

Debido a la falta de comunicación con Cuba, ha escrito una carta cifrada en la que relata los frecuentes problemas de la guerrilla y solicita una serie de medicamentos y artículos de primera necesidad, garabateando en el margen izquierdo la cantidad de cada producto, como si hiciera una lista para el supermercado. Necesita hacer llegar la carta a Fidel, por lo que decide que lo mejor es confiarla a los extranjeros que desean abandonar la guerrilla. Como cree que ha frustrado el cerco del ejército y que ha llegado el momento de liberar a los visitantes, entrega la carta a Danton con el segundo informe del ELN.

Bellavista sólo consta de tres cabañas hechas de palos y barro. Entre las ramas secas y el follaje polvoriento, los guerrilleros se incorporan «como los muertos levantándose en el Juicio Final», recordará más tarde una india. Las viejas se santiguan, las mujeres gritan, abrazando a sus hijos. Una niña de cuatro años se echa a llorar cuando Benigno se aproxima a ella, balbuceando cosas infantiles con un fuerte acento extranjero. Extiende los dedos para tocarla y los aparta a tiempo para evitar un mordisco. «Son campesinos pobres y están muy atemorizados por nuestra presencia», escribe el Che. Él no sabe que el ejército estuvo allí días antes, que registró las cabañas, que maltrató a patadas a los campesinos, que confiscó comida, que amenazó a quien se pusiera en contacto con la guerrilla. Un sargento se sacó un papel del bolsillo, lo desdobló y leyó en voz alta (lentamente, pues no estaba acostumbrado a leer): «Los guerrilleros son paraguayos, violan a las mujeres, ahorcan a los hombres en árboles, o los apresan para que carguen con sus mochilas; roban los animales y las plantaciones e incendian las casas. Vienen a sembrar el comunismo paraguayo en nuestras tierras».

Los muchachos están exhaustos de la larga marcha, el argentino les concede media hora de descanso. Papi retira agua del pozo, pero no tiene práctica y el agua potable se ensucia de barro. Rolando se tumba debajo de un mango, después de poner a secar la ropa en sus ramas. Marcos y Aniceto, hablando y riendo, orinan con grandes chorros contra la pared fangosa del patio trasero de una casa. Otros se ríen a carcajadas al ver a una vieja salir llorando de una choza, agitando las manos, asustada. Detrás de ella aparecen los peruanos Chino y Eustaquio, mascando un pedazo de tocino y quejándose de no haber encontrado nada mejor en la cocina. Bustos, que tiene hambre, decide imitarlos. Entra en otra choza y sale momentos después raspando la costra de una olla. Loro pregunta a la vieja, que ha tenido que sentarse, dónde está el aguardiente, la bebida.

—Porque a ustedes les gusta beber, ¿no?

Inti habla con un campesino canoso y raquítico, tal vez el patriarca. Negocian la compra de maíz, patatas y un cerdo enfermo amarrado a una estaca. Es la única comida que tienen, responde el viejo; no saben qué significa el dinero, allí todo se intercambia. Inti insiste, el indio balbucea, en una mezcla de quechua y español, que pueden llevárselo todo, que se lo lleven todo menos a las niñas.

—Pero, hombre, ¡acepte el dinero! —se exalta Inti, que no ha entendido nada, con el fajo de pesos en la mano.

Le dice repetidas veces que están allí para ayudar a los campesinos, para librar a Bolivia del yugo opresor. Ahora es el viejo quien no le entiende. Al fondo vuelven a oírse unas carcajadas, y ambos se dan la vuelta; es Loro, que corre, como de costumbre, detrás de una gallina. La vieja que está sentada vuelve a echarse a llorar pidiéndoles que no le maten la gallina, que es todo lo que tiene; implora piedad a los barbudos, son pobres, sólo quieren vivir su vida. El hombre grita para que se calle, está petrificado; quizá cree que los van a matar a todos, pero ella insiste: que no merecen semejante sufrimiento, por el amor de Dios. Él se ha cansado de pedirle que se calle, se acerca a ella y le propina un bofetón. Los guerrilleros protestan. Inti aprieta los dientes y susurra que eso no se hace con las mujeres, se aproxima, agarra al viejo por los brazos, lo sacude con fuerza y éste cruje como un saco de huesos.

Benigno escribe que la visita se ha desarrollado sin incidentes, pero han tenido que «llevarse a tres o cuatro campesinos que estaban muy asustados, y soltarlos cuatro kilómetros por delante para que no tuvieran tiempo de correr a avisar a los militares».

Desde Bellavista, el Che decide marchar hasta la aldea de Muyupampa para dejar a Danton y a Bustos. Nadie menciona a Tania, ni el comandante ni los visitantes, que probablemente no quieren arrastrarla con ellos. La agente ha quedado atrás con el grupo de enfermos (Bustos llega a comentar que necesitan «agilidad para desplazarse»). Es curioso que João Batista, hasta entonces indeciso, no esté entre ellos. A los interrogadores, les dirá que prefirió quedarse en la guerrilla después de una conversación con el Che. «Fue la primera vez que habló conmigo a solas; me preguntó si estaba dispuesto a seguir en la lucha. No hubo manera de negarse.» Pero el diario de Guevara no recoge esta conversación.

En ese momento, el comandante divide el grupo en dos. El grupo más grande, de veintinueve hombres, se quedará con él; los otros dieciséis, bajo el mando de Joaquín, tendrán que esperar a que él regrese. Joaquín es su guerrillero más antiguo y es uno de los hombres que más han sufrido con las marchas. El grupo que se le ha asignado no puede ser más heterogéneo: reúne a los enfermos, a los perezosos y a los insubordinados como Marcos, que aún no ha aceptado que ha sido degradado. «Mandé buscar a los cuatro rezagados [y al sindicalista boliviano Moisés] para que se quedaran con Joaquín», escribe Guevara, «y a éste le ordené hacer una demostración por la zona para impedir un movimiento excesivo y esperarnos durante tres días, al cabo de los cuales debe permanecer en la zona pero sin combatir frontalmente y esperarnos hasta el regreso». Tania sólo sabrá que la guerrilla se ha dividido al día siguiente, cuando ella y Alejandro y los demás se reencuentran con Joaquín y no ven señal de Guevara y sus hombres. «Marcos tuvo que amenazarla con un cuchillo para que dejara de gritar», dirá más tarde Pacho, uno de esos bolivianos rezagados.

Guevara no cree que vaya a durar mucho la separación. En la entrada del 17 de abril, sólo dice que deben volver a encontrarse a los tres días. Ahora está al mando de treinta hombres. Reinician la marcha a las 22.00, con pausas de media hora hasta las 4. «Hace varios días que no dormimos», indica Pacho. Danton, que está listo para abandonar la guerrilla y preocupado por la posteridad, acumula material para un futuro libro. «Una luna creciente recorta las sombras entre los huecos del follaje», escribe. «Seguimos en fila india por un arroyo seco al fondo de un cañón angosto, después de desviarnos en un descampado. Nosotros: cuatro hombres, los demás se han perdido.» Deben caminar separados entre sí, pero en la oscuridad es tan fácil salirse del camino que se agrupan como coágulos. «Confusión, miedo, cansancio, sed. Cosas al azar, sensación de absurdo. Marchamos como ciegos.»

El camino se bifurca y Pablo, que va delante del comandante, se para.

—¿Por dónde vamos?

—Por donde quieras, cabrón, mientras no nos paremos —dice el Che, entre suspiros asmáticos.

A la mañana siguiente están en las cercanías de Muyupampa. Se reagrupan cerca de una casa habitada por indios guaraníes que apenas hablan español. A Benigno, que está al mando de la vanguardia, le impacta la pobreza. «No poseen animales, aparte de cuatro perros tan flacos que no tienen fuerzas ni para ladrar.» Una vez más, registran las pertenencias de los indios, pues quieren comprar cualquier cosa comestible. Inti se aproxima al propietario, un hombre desdentado.

—Buenas tardes —dice.

—Buenas tardes, señor.

—Aquí no se dice «señor», compañero. Señores son aquellos que humillan a los menos favorecidos.

El indio se encoge de hombros, espanta una mosca. Mira de reojo a los guerrilleros que han salido de la casa con un bote de salvado de maíz. En la parte de atrás, el Che y Rolando discuten sobre la mejor manera de aproximarse al poblado, cuando aparecen por sorpresa tres campesinos con una mula que vienen por el camino de Muyupampa. Los campesinos pasan mirando al suelo, no quieren ver la fisonomía de aquellos barbudos para no comprometerse, pero Inti les grita que se detengan, se interpone en su camino y, a falta de preguntas, les pide que le enseñen los documentos, como si fuera miembro del ejército. Guevara, que lo ha oído todo, tuerce el gesto, comenta al cubano Rolando que «está al mando de una panda de mierdas». Rolando se ríe. Inti los oye y vacila, pero no tiene tiempo de proseguir el interrogatorio: por el camino, en sentido contrario, aparecen dos indias cargadas con un saco de maíz, y Benigno las detiene. Finalmente, el Che decide que es necesario retener a aquellas personas durante cierto tiempo, para que no extiendan la noticia de su presencia allí. Prosiguen por la mañana, «deteniendo a los campesinos que venían en ambas direcciones del cruce con lo que logramos un amplio surtido de prisioneros», escribe el comandante.

—Son comunistas paraguayos —susurra una india con un sombrero hongo.

Inti corre hasta donde está, le grita que no y le pregunta dónde ha oído eso. Ella se queda callada como una piedra. A última hora de la mañana siguen allí; el Che parece indeciso, habla con Benigno y Rolando: no sabe si vale la pena acercarse a la aldea. Los transeúntes se van agrupando, hablan en cuclillas, hacen negocios, juegan a los dados. Los niños se ríen y se pelean. «Algunos campesinos acuden sólo para vernos; otros, para vender sus productos», escribe Benigno.

Poco después del mediodía aparece un americano alto y parlanchín que levanta un gran revuelo. Aun cuando lo apuntan con los fusiles, se acerca haciendo señas; le habrían disparado si Bustos no hubiera aparecido con los brazos extendidos, pidiéndole en inglés que se quedara donde estaba. El extranjero se quita un gorro de lana y saluda a Willy y a Pablo, que todavía no han bajado las armas y están pálidos (nunca han disparado un arma). El americano lleva gafas de cristales gruesos y montura negra.

No deja de sonreír, y parece no entender nada. Lo llevan ante Inti. Guevara, que está echado en una hamaca cerca de allí con la pipa en la boca, no aparta la vista de aquella figura. El boliviano le pregunta cómo se llama, quién es y qué hace allí. No obtienen ninguna respuesta. João Batista y Bustos intervienen y, con un inglés modesto, asumen el interrogatorio. Les dice que se llama George Andrew Roth y es periodista, pero no son capaces de traducir lo demás.

—Está drogado —dice Bustos, volviéndose hacia Guevara.

En la mochila que lleva en bandolera encuentran una muda de ropa, un sedal, pesos mexicanos, pastillas contra el mareo, una linterna sin batería y un mapa de América Central que los hombres rompen sin querer. «Los documentos estaban en regla pero había cosas sospechosas: el pasaporte estaba tachado en la profesión de estudiante y cambiado por la de periodista (en realidad dice ser fotógrafo)», escribe el Che. «Pero no tenía cámara y hablaba de manera incomprensible.»

—*How you find we?* —pregunta João Batista.

—No me joda: en Lagunillas todo el mundo sabe que ustedes están aquí.

—*Who bringed you?*

—Esos dos de ahí, gente maravillosa —dice refiriéndose a dos niños que lo señalan a gritos de «el loco, el loco». «El Che me pedía respuestas precisas, pero yo no entendía nada», dirá más tarde el brasileño. Hay momentos en que Roth se pone serio, como si una idea le pasara por la mente. Se ajusta las gafas, respira hondo. Pero, al tomar aire para hablar, la locura reaparece. «Todo lo que he visto, todas esas cosas... y los milicos... nos lo dejaban remover todo. ¿Es su campamento?»

—¿Qué coño?... Entonces ¿todo el mundo sabe dónde estamos? ¿Están revolviendo nuestras cosas? —grita el Che a João Batista como si fuera culpa suya. «Es la misma historia de siempre», escribirá el comandante. «La indisciplina y la irresponsabilidad dirigiendo todo.»

Algunos biógrafos preferirían excluir al americano de esta historia. Y es que es una figura extraña en la narrativa, inverosímil en sí misma. Sin embargo, al no poder obviarlo, cada uno desarrolló una teoría para explicar su presencia. Para Jon Lee Anderson, «aun hoy Roth sigue siendo un personaje indescifrable». Paco Ignacio Taibo sugiere que, entre los días 8 y 10 de abril, antes del encuentro con los guerrilleros, Roth se había reunido con agentes de la CIA en La Paz, donde se le ordenó que esparciera entre las mochilas un polvo desarrollado para que los perros adiestrados lo rastrearan. El gobierno cubano sostiene todavía esta versión. Pero Daniel James, otro biógrafo, es más vehemente al afirmar que, en realidad, Roth era James Abbott, también conocido como Humo Negro, miembro de los Merry Pranksters, un grupo hippie relacionado con el escritor post beatnik Ken Kesey. En uno de sus libros, Tom Wolfe aporta más detalles sobre Abbott: se le vio por última vez en enero de 1966, comiendo setas silvestres al borde de una piscina de un *resort* decadente en Puerto Vallarta (México). No llevaba más que un slip de baño y un albornoz. Había huido con Kesey para evitar que lo detuvieran por reincidir en la posesión ilegal de drogas. Algunos volvieron a Estados Unidos, otros se establecieron en México. Los que quedaron bajaron por América Central, cada vez más al sur. Se ha dicho que en octubre de 1966, alguien vio a una joven de cuerpo rollizo, conocida como la Chica de la Montaña, trabajando de camarera en Ciudad de Panamá. No es del todo inviable, dice Daniel James —retomando la historia donde Tom Wolfe la dejó—, que Abbott hubiera seguido su camino hasta Bolivia. Los pesos mexicanos y el mapa de América Central avalarían su tesis, refutada duramente desde entonces.

Inti quiere atar al americano a un árbol, pero Danton, que en ese momento está ansioso por partir, sugiere que lo utilicen como coartada, por lo que expone su plan a Guevara. Si es cierto que Roth es periodista, «podemos decir que estábamos juntos porque pretendíamos entrevistarle a vos». Bustos no está tan convencido del plan y comenta que el americano está demasiado drogado para intentar nada. El Che los deja discutir, hasta que llegan a un acuerdo. Al final, escribe, «Carlos [Bustos] aceptó de mala gana y yo me lavé las manos». Entregan a Roth una copia del segundo informe del ELN, intentan explicarle el plan de la mejor forma posible, pero él no parece prestar atención, entretenido con la hoja que le han dado.

La epopeya de los tres es breve. Esperan en el bosque hasta la madrugada del día siguiente. Hace frío y se irritan con Roth, que no deja de rechinar los dientes y de quejarse; temen que llame la atención del ejército. Acceden a la aldea por un camino de tierra; como el sol casi despunta, ya pueden distinguir el bulto de algunas casitas. Saben que los indios, que ya están despiertos, los observan en silencio desde la oscuridad de sus casas. El americano no ve bien y masculla algo cada vez que tropieza. En la lejanía ladra un cachorro, que incita a otros perros a imitarlo, tras lo cual la aldea entera parece despertarse. Oyen gruñidos más cerca, y Bustos teme que lo muerdan. «Estábamos rodeados de soldados, con riesgo de muerte, pero en aquel momento yo sólo pensaba en cómo iba a conseguir una vacuna contra la rabia en aquel fin del mundo», dirá años más tarde. Danton oye a gente hablando más adelante y salta bosque adentro para agazaparse; entonces ve que el argentino lo ha seguido, pero Roth no. Alguien grita, se oyen pasos apresurados, insultos y la inconfundible voz estentórea del americano. Lo que sucede a continuación es confuso; tanto Bustos como Danton tienen dificultades para recordar los detalles. Roth ha desaparecido. Salen otra vez al camino, amanece. Pasan por un tramo de capín alto, y ya no ven más casas. Luego ven la silueta de unas mujeres con cestas en la cabeza. Se ponen de acuerdo para contar una historia convincente en caso de que los capturen. En la curva siguiente, todo son gritos, fusiles que los apuntan y terror. Los cuatro soldados que los detienen y se los llevan siguen temblando después del incidente. Roth vuelve a estar con ellos, pero con las manos atadas a la espalda. «Nos trasladan sin mucha animosidad», escribe Danton. «En el patio de la pequeña comisaría, el cura de la aldea ha venido a darnos la mano; un periodista aficionado ha sacado fotos al grupo cuando cruzábamos la plaza. Un teniente ha compartido con nosotros el café y el pan que los habitantes han llevado a los soldados.» Se sentían a salvo.

7.

Los guerrilleros vuelven a darse cuenta de que el ejército los ha cercado. Al cruzar un claro, dos aviones AT-6 aparecen detrás de un monte, pasan en vuelo rasante y sueltan las bombas. «Una de ellas cayó a cincuenta metros e hirió muy levemente a Papi con una esquirla», escribe el comandante. «Con esa puntería, no corremos peligro.» Llegan al cruce del camino a Ticucha. Tienen que moverse con más rapidez y Guevara le pide a Rolando, el hombre al mando de la vanguardia, que requise una camioneta, ya que su intención es llegar a la aldea a primera hora de la noche. Tardan mucho en decidirse por un objetivo, hasta que al final de la tarde lo hacen: detienen un vehículo de los YPFB, pero pierden mucho tiempo sacando al conductor y a su acompañante de la cabina y, luego, removiendo los bidones y las herramientas que llevan en la caja del camión cubierta. A los pocos minutos, en un recodo del camino aparece un autobús tricolor cargado de pasajeros y víveres. Benigno lo para y ordena a todos que bajen. Para exasperación del comandante, la historia se repite: los pasajeros son indias y niños desconfiados, viejos que protestan y vendedores ambulantes «que intentan vender sus trastos». En silencio, observa la escena en cuclillas con una brizna de capín en la boca. Cuando una furgoneta se aproxima con tres personas más, y los guerrilleros ordenan que salgan con las manos en alto, se levanta con impaciencia. Le pide a Rolando que aceleren la cosa y que lo metan todo atrás. Se sube al camión de la YPFB, cierra la puerta, cruza los brazos y espera. Pombo le saca una foto en ese momento, inmortaliza el rostro barbudo y seguro de sí mismo, a la sombra del ala de la gorra, con la piel mugrienta.

A continuación detienen una carreta. Papi requisa los caballos, pues piensa que les pueden ser útiles y sabe que al comandante le gusta montar. El carretero se resiste, Loro le asesta un culatazo, y aquél cae al suelo con la ceja partida. Papi no tiene buena mano con los animales, y el caballo se empina, relincha y echa a correr a través de la extensión de capín. Loro se dispone a seguirlo, cuando se aproxima otro carro.

Son casi las ocho de la noche y todavía están en el camino. Encuentran una casa veinte metros más adelante, y Benigno, con la ayuda de dos bolivianos y João Batista, prepara la cena con las provisiones requisadas al autobús; tienen mucho trabajo, ya que deben preparar comida para mucha gente. El Che ha bajado de la cabina y escribe en el diario a la luz de un farol. De las barracas que hay al otro lado de la extensión de capín les llegan ladridos cada vez más insistentes; están cansados después de haber pasado la tarde cuidando a los prisioneros y no sospechan que la inquietud de los perros es indicio de que se acercan hombres por el bosque. Cuando Rolando termina de cargar el camión y Benigno sirve los primeros platos de maíz cocido, oyen los disparos. Las mujeres, los niños, los guerrilleros, todos gritan. «Una confusión de mil demonios, el camino lleno de gente corriendo; oía los tiros, pero no veía a los soldados», recuerda el brasileño. Algunos campesinos han caído en el camino, unos gimen y se arrastran, los muchachos responden a su vez con tiros; corren más riesgo de matarse entre ellos que de matar al adversario. «Todos estábamos descuidados y no tenía idea de lo que pasaba», escribe el Che. Papi pone el camión en marcha, otros combatientes se montan en los pocos caballos y mulas que tienen y se marchan de allí como pueden, entre los últimos zumbidos de bala. El coronel Gary Prado Salmón, autor de un libro sobre la campaña, criticará posteriormente la operación del ejército. «En vez de cercar la casa y esperar al amanecer o, al menos, bloquear las rutas de fuga, la compañía, a una distancia de cien metros o más, abre fuego.» El Che también considera la batalla un desastre. Han sido indisciplinados y negligentes, y uno de los guerrilleros, el boliviano Loro, no está entre ellos cuando vuelven a reunirse en las cercanías de Ticucha a las 3.30 h. El comandante también lamenta la pérdida de un paquete de dos mil dólares que desapareció de la mochila de Pombo durante el combate. «Sin contar con que nos sorprendió y puso en retirada un grupo que necesariamente debía ser pequeño. Falta mucho para hacer de esto una fuerza combatiente aunque la moral es bastante alta.»

El 25 de abril, un destacamento de sesenta soldados, a cargo del comandante Ives de Alarcón, vuelve a seguirles la pista. Dos pastores alemanes, Rayo y Tempestad, tiran de los batidores, husmeando el fuerte rastro de sudor y suciedad de esos hombres. Los guerrilleros, que descansaban a orillas de un arroyo, no tienen tiempo de organizar una emboscada. Guevara asume el mando, selecciona a algunos hombres y los distribuye a ambos lados de un camino que va directo al campamento improvisado. Es una senda que corre en paralelo al riachuelo, entre el boscaje, con una visibilidad de apenas cincuenta metros. A las 11.25, según un informe del ejército, Rayo y Tempestad encuentran el rastro reciente y siguen por la senda, con dos adiestradores y un guía civil. A una decena de metros ven al subteniente Freddy Balderrama, que dirige a la vanguardia. El Che dirá más tarde que vio cómo se aproximaban los perros; «estaban inquietos pero no me pareció que nos hubieran delatado». Apunta a Tempestad, dispara y falla. El perro da un salto, pero el fusil se encasquilla en el segundo tiro. El Che se pone a golpear la culata de su M-1, mientras los guerrilleros bajo el mando de Rolando tirotean en dirección al sendero. Cosen a balas a adiestradores y perros, y le destrozan la cabeza a un campesino. Pero han empezado a disparar demasiado pronto: la vanguardia no ha caído en la emboscada y, pese al miedo, los soldados del subteniente Balderrama están listos para contraatacar. Éstos se ponen a cubierto a los lados del camino y, a la señal del oficial, responden al fuego enemigo. Las balas vuelan a diestro y siniestro, los guerrilleros están atrapados en su propia emboscada, respondiendo a su vez al fuego, aunque no disponen de tanta munición para desperdiciar como los militares. Al poco, cuando el grupo principal del ejército se une a la vanguardia, son sesenta soldados contra no más de diez guerrilleros.

En cuanto el Che ordena la retirada, sus hombres echan a correr de estampía. Tiene suerte de no estar enfrentándose a un grupo más preparado. Los soldados, muchachos todavía, no osan adentrarse en el bosque y, en cuanto cesen los tiros, celebrarán el desenlace de la escaramuza. Los guerrilleros consiguen volver al campamento y, a partir de allí, seguirán avanzando en línea recta a través de la selva, buscando los caminos más estrechos. Durante el desplazamiento, informan al Che de que Rolando está malherido y que vienen con él atrás. «Lo trajeron al poco rato ya exangüe y murió cuando se empezaba a pasarle plasma», escribe el argentino. «Un balazo le había partido el fémur y todo el paquete vasculonervioso; se fue en sangre antes de poder actuar. Hemos perdido el mejor hombre de la guerrilla y, naturalmente, uno de sus pilares.» Al final de ese «día negro», entierran el cuerpo de Rolando en un hoyo raso, e Inti da un discurso sobre ese «pequeño hombre de acero». El Che no los acompaña. Se ha retirado a escribir a la luz del farol.

8.

Los agentes Félix Rodríguez y Dr. González se disponen a partir hacia Camiri para interrogar a dos hombres recién capturados, Danton y Bustos, cuando los informan de que otro prisionero acaba de caer en manos de los militares. Se llama Jorge Vázquez Viaña (nombre en clave Loro), boliviano, hijo de un eminente científico político, y está detenido en la comisaría de Monteagudo, donde lo han estado torturando todos los días. A cargo del interrogatorio está Andrés Selich, un coronel de la línea dura que, a pesar de acompañar a los americanos a Bolivia con la misión de ayudarlos «en lo que sea posible», pretende conducir una investigación por cuenta propia y estar siempre un paso por delante de esos «forasteros de mierda». Cuando los agentes cubanos lo encuentran, Loro está al borde de la muerte. «Casi perdemos una fuente importante de información por culpa de unos militares truculentos y obtusos», dirá Félix. El guerrillero no ha confesado gran cosa. Tiene el maxilar roto y apenas si puede hablar. Los civiles que lo arrastraron hasta la aldea, atado a un palo «como un jabalí», reconstruyen la historia de la captura.

Perdió a la guerrilla durante el combate del 22 de abril. Caminó sin rumbo hasta llegar a Ticucha y, hambriento como estaba (y puesto que aún llevaba el rifle), asaltó a un campesino que transportaba leña y le robó las pocas monedas que llevaba, así como la ropa, para ponérsela en lugar del uniforme. El segundo día probablemente aún no había comido nada; irrumpió en una choza habitada por una india y su nieta. La vieja contó que aquel hombre espumajeaba y hablaba sin sentido; que comió «un poquito de sopa de maíz que teníamos en el fuego» y ató a la niña al pie de una mesa para «abusar de su honra». La abuela intentó detenerlo y se echó a gritar, pero el guerrillero le dio un culatazo. En la siguiente casa, le pegó a un muchacho, salió con una botella de aguardiente en la mano y disparó a un campesino que intentaba detenerlo. Más tarde, en su camino se cruzaron el sargento Guillermo Torrez Martínez y el soldado Miguel Espada, del segundo regimiento de infantería, con base en Monteagudo. Los militares estaban de permiso, pero es posible que Loro pensara que lo seguían, porque se emboscó en una curva del camino y, cuando los vio pasar, los acribilló a balazos. Los dos murieron ese mismo día, de camino al hospital.

Todo el mundo sabía por dónde se movía. Robó una gallina y se la comió cruda; al no estar acostumbrado a las proteínas, su estómago reaccionó mal. «Notábamos a kilómetros el olor a mierda que dejaba a su paso», relató un campesino a los soldados. Fue fácil apresarlo. Yacía desfallecido en una hondonada cuando tres indios aparecieron de entre la espesura (más hábiles que la guerrilla) y se abalanzaron sobre él.

Habría muerto en su celda si los agentes no lo hubieran descubierto y conseguido que lo sacaran al día siguiente para trasladarlo a un hospital civil, después de que unos «grupos de derechos humanos se manifestaran contra su encarcelamiento arbitrario». En la pared cuelga un calendario que muestra los últimos días de junio, pues los captores han avanzado las hojas. Loro, bajo el efecto de las drogas, no desconfía de nada. Félix se hace pasar por médico. Le dice que la guerrilla está a las puertas de La Paz, y que Barrientos está «a punto de caer». La segunda noche, Félix menciona a un periodista panameño que está dispuesto a ayudarlo. La tercera, revela detalles: «Su historia será escuchada, amigo. Sus compañeros vendrán a liberarlo».

Loro duerme un día entero; las drogas que le han administrado son poderosas. Accede a recibir al periodista, a quien relatará su experiencia en la guerrilla. El hombre entra en la sala vestido con una bata blanca; le dice que se ha disfrazado de médico, da una última mirada al pasillo, vuelve a entrar, se saca del bolsillo un bloc de notas y se sienta a su lado. Con un resquicio de preocupación, Loro le pregunta cómo se llama.

—Manuel Ribas. Pero aquí, bajo esta identidad, me llaman Dr. González —dice riendo; ambos ríen.

Loro le da un apretón de manos. Habla durante casi cinco horas, hace un esfuerzo para recordar los detalles, los nombres de cada guerrillero. Sólo calla cuando lo vence el agotamiento.

—¿Sabe cuándo me sacarán de aquí? Ya no soporto esta cama —alcanza a decir todavía.

—En breve —responde el Dr. González.

Durante la madrugada lo conducen hasta el patio del hospital militar y, según los soldados, anda como un sonámbulo, decaído. Todavía está bajo los efectos de la droga, que se le ha administrado en dosis descomunales; sube a un helicóptero entre el violento ruido de las aspas, y alza el vuelo. Se alejan de la ciudad, y ahora el suelo es tan opaco como oscura es la noche. Sobrevuelan la selva. No podemos saber si es consciente de dónde lo están llevando, si sueña con el viento en la cara o que está volando. Pero la descarga de adrenalina debe de haberlo reanimado en los instantes finales, cuando lo empujan desde el helicóptero en mitad de la noche y ya no siente el suelo firme bajo los pies y su cuerpo desciende en caída libre en la oscuridad. Es posible que en ese momento abriera los ojos y gritara, aterrorizado ante la visión de los árboles que lo aguardan con los brazos abiertos.

A principios de mayo, el general Barrientos aparece en público para anunciar que dos extranjeros de esa «intentona comunista», un francés y un argentino, han muerto a manos del «valeroso ejército boliviano» al intentar amotinar a la prisión. «Ante la amenaza de los tiros, nuestros valerosos soldados han cumplido con su deber», dice, leyendo de un papel. A continuación baja de la tribuna haciendo una seña a los periodistas, pero no responde a sus preguntas. Esa misma noche, los interrogadores bolivianos inflan a puntapiés a Danton, le aplastan la mano con la prensa de una linotipia y hacen creer al mundo que se ha ahogado. Cuando lo abandonan en la celda, gimiendo con los dedos fracturados, es un condenado a muerte. Cuando despierte, estará a salvo. Y es que el periódico *La Presencia* estampa en la primera página de la edición matutina una imagen del fotógrafo amateur Hugo Delgadillo en el momento en que capturaron a Danton, Bustos y Roth en Muyupampa. La imagen muestra a los hombres con la ropa sucia, las manos atadas, caminando con las cabezas gachas, y evidencia que, en aquellas condiciones, no podrían resistir un encarcelamiento. Si el gobierno anuncia sus muertes, declara el periódico, significará que han sido ejecutados fríamente. A continuación, el gobierno desmiente el comunicado de Barrientos, que para entonces ya ha sido ampliamente divulgado por las agencias internacionales. En Francia, intelectuales de izquierdas inician un movimiento para exigir que se libere inmediatamente a Danton y los demás prisioneros, y que un tribunal internacional garantice un juicio justo.

Pasan otros quince días, y el prisionero pierde la noción del tiempo. Recuerda las tardes que «se alargaban indefinidamente, mientras observaba, tumbado en el catre, las nubes que pasaban por aquella ventana estrecha». No sabe nada de Bustos ni de Roth, aunque están encarcelados en celdas próximas. Cuando dos soldados vuelven a abrir las rejas y le ordenan que los acompañe, teme que le espera otro día de tortura. Los sigue a través de un descampado donde unos cadetes reciben adiestramiento y luego entra en un edificio de planta baja —Danton conoce bien el camino—, hasta llegar a un aula, al fondo de la cual hay una serie de pupitres apilados.

Sin embargo, desconfía cuando le hacen sentarse ante una mesa de tres oficiales conocidos, junto a los que hay otros dos individuos vestidos con monos de color caqui sin insignias.

—Ah, ya está aquí el sodomita —dice uno, y los tres oficiales se ríen.

El militar que ha hecho la gracia no se pone los guantes de cuero ni se acerca al prisionero para darle un bofetón, sino que coge un taco de folios y se ajusta unas gafas de lectura. Aun así, Danton todavía espera la paliza; está listo para repetirles por enésima vez que se encontraba en Bolivia para entrevistar al líder guerrillero y que nunca ha estado implicado en ningún movimiento armado. Pero el oficial empieza a hablar en un tono pausado, mientras los hombres de caqui observan sus reacciones.

—Usted estaba en Bolivia a petición del gobierno de Fidel Castro; estaba realizando una valoración para decidir cuál era la mejor región para la guerrilla. Usted se unió a la guerrilla en marzo de 1967 con la ayuda de Tania, una agente infiltrada en La Paz; Ciro Bustos; y un brasileño con nombre en clave João Batista. Usted fue a la selva con Mario Monje y habló con el Che Guevara (sí, porque sabemos que es él quien está al mando de las operaciones) sobre una guerrilla de dimensiones continentales. ¿Continúo?

Uno de los hombres de caqui está con los brazos cruzados y parece sonreír. «Empezaron a describir el día a día, los hechos y las actividades de la guerrilla con gran riqueza de detalles», escribirá Danton décadas más tarde. «Conocían a cada uno de los guerrilleros, sus seudónimos y jerarquías. [...] Se me cayó el alma a los pies.» Danton dirá que Bustos fue el delator. Según algunos biógrafos, está demostrado que el argentino, que poseía cierta inclinación artística, esbozó el rostro de cada guerrillero y dibujó un mapa rudimentario del campamento. Pero probablemente es lo único que hizo. Hasta hoy, se niega a hablar del asunto. Nunca volvió a involucrarse en ningún movimiento político, ni revolucionario, y en la actualidad vive exiliado en Suecia.

En la selva, el Che no consigue encontrar el grupo de Joaquín, y el esfuerzo de la marcha lo debilita. Después de pasar dos días sin comer, la vanguardia aparece con un cerdito que le han quitado a un indio. A Guevara, le dicen que han encontrado el animal perdido en el bosque, aunque no podemos saber si termina de creerse toda la historia. Acampados en el huerto de un tal Chico Otero, a quien han comprado condimentos y patatas para acompañar la carne, se dan un banquete que se prolonga hasta primera hora de la noche. A la mañana siguiente, el comandante es el que más sufre. «Día de eructos, pedos y vómitos y diarreas; un verdadero concierto de órgano», escribe. «Permanecimos en una inmovilidad absoluta.» Tumbados por el malestar, presencian el paso de aviones «bombardeando ferozmente las supuestas posiciones guerrilleras» a dos o tres kilómetros de allí.

Tres días después, parece ser el único que todavía sufre del estómago. Rechaza las sobras de carne salada y, durante una marcha por una loma escarpada, siente dolores y náuseas; en un trecho especialmente pedregoso, «se detuvo donde estaba y cayó de espaldas, tirado por el peso de la mochila», escribe Pacho. «Ya estaba muy mal; la noche anterior nos había dado su ración de comida.» Desfallecido todavía, lo llevan en una hamaca. «Cuando desperté, estaba muy aliviado pero cagado como un niño de pecho.» Hace un esfuerzo para levantarse, mueve las piernas, suspira, una vaharada caliente sube de la hamaca. «Carajo, qué olor a mierda..., debo de oler a una legua», y los hombres a su alrededor tal vez piensen en sonreír, pero son cautos y guardan silencio; prefieren no tratar con su limitado sentido del humor. No hay agua para limpiarse, de modo que usa un cuchillo para retirar de los muslos las mayores cantidades de heces. Ñato le ofrece su muda de ropa limpia y el comandante la acepta sin darle las gracias, y se la pone sobre las placas secas de excremento.

Intentan volver a Ñancahuazú para buscar al grupo de Joaquín. La separación, que inicialmente debía haber durado tres o cuatro días, se ha alargado casi un mes. El Che se queja de que no encuentran a los hombres porque se han movido, cuando no deberían haberlo hecho: sus órdenes fueron claras. Aun así, cuando está solo, pasa horas inclinado sobre los mapas y no parece muy seguro de los caminos que están siguiendo. João Batista recuerda que el comandante no muestra en ningún momento preocupación por Tania, claramente la menos preparada del grupo. «[Tania] carecía de las condiciones físicas adecuadas para la selva, necesitaba nuestra ayuda», dirá el brasileño. Y lo cierto es que Tania no se encontraba bien. El grupo de Joaquín abandonó el punto de encuentro al final de la primera semana, por temor a la actividad del ejército. Marcos, el burócrata de alto escalafón cubano, quiere estar al mando, el sindicalista Moisés no obedece a nadie, Tania sigue estando histérica y los hombres la tratan con desprecio. Cae en medio del sendero, llorando, y dos muchachos la ayudan a seguir adelante: Serapio (el cojo) y Pedro (el boliviano). Marcos la amenaza con dejarla atrás la próxima vez. «Tenía la costumbre de escribir en una agenda de bolsillo todas las cosas horribles que decían de ella, y aseguraba que se lo iba a contar todo al Che tan pronto lo encontráramos», relata Paco, «el rezagado», a los agentes de la CIA en un interrogatorio posterior. «Siempre discutía, diciendo que se había sacrificado mucho más por la revolución que ellos, y las peleas terminaban invariablemente con Tania llorando, escribiendo en la agendita.»

Alejandro, que en Cuba era viceministro de Economía, está debilitado por la malaria. Acusa a la agente de haberle robado la comida cuando más la necesitaba «y por eso no había mejorado como debía». «Los hombres le echaban la culpa de todos los males», escribe el biógrafo Daniel James. Serapio y Pedro intentan ayudarla, pero «como no tenían poder de hecho en aquel grupo, la alemana, naturalmente, los despreciaba». Tumbados alrededor del fuego, Marcos y Braulio, su fiel seguidor, dicen que le «darán una buena» cuando esté durmiendo. Ella se echa a llorar e intenta demostrar a esos hombres inmundos que es superior a ellos. Los llama ignorantes y salvajes.

—Ustedes nunca han viajado como yo, casi no saben leer ni escribir. Ustedes... —dice, pero se echa a llorar, y los cubanos se ríen.«Se vanagloriaba de los conocimientos superiores que tenía sobre el mundo, de la buena comida y los hoteles que había conocido; de haber tenido una vida sofisticada de la que ellos nada sabían», escribe James. Con las manos trémulas coge la agenda. Está escribiendo entre sollozos, cuando Marcos le da un golpe en las manos. La agenda sale volando, y los cubanos vuelven a echarse a reír a carcajadas.

—Se lo voy a contar todo al Che, todo —dice, agachada, con las nalgas en pompa, mientras busca el bolígrafo.

—Tú no vas a contar nada, furcia —le grita Marcos en respuesta.

Por las noches, él y Braulio «se desnudaban del todo y hacían bailes obscenos para atormentarla. Normalmente la asustaban hasta que se iba corriendo de allí, llorando histéricamente». La declaración de Paco no deja claro si hubo algo más, aparte de las bromas y las provocaciones. Puesto que era el boliviano rezagado, los cubanos lo despreciaban, y no sabía mucho más de cuanto ocurría entre ellos. Pero Paco cree que sí. «Joaquín y Tania desaparecieron alguna que otra vez entre la espesura», recuerda.

Al poco tiempo el grupo se deshace sin la necesidad de disparar un solo tiro. Sólo marchan de noche, desorganizados y armando ruido, y durante el día se esconden. Por miedo a que los descubran, se mantienen alejados de los campesinos y roban alimentos a escondidas. Pepe, otro de los rezagados, es el primero en desertar y, movido por el hambre, va llamando puerta a puerta en busca de comida en la aldea de Ití. El 24 de mayo, una patrulla del ejército lo detiene. La noticia llegará a oídos de los agentes de la CIA. Un tal Roberto Quintanilla, funcionario del Ministerio del Interior que está de paso por la región, lo interroga. Hombre de poco método, asesta unas cuantas patadas al prisionero, le hace preguntas vagas y vuelve a pegarle. Puede que Pepe le haya contado cuanto sabe, pero en manos de este burócrata, la información tiene escaso o ningún valor. Quintanilla pierde la paciencia y le parte los brazos, aprisionándolos entre unas sillas y la pared con la ayuda de unos carceleros asustados. A las cuatro de la tarde lo ejecutan con un tiro en la sien porque gritaba demasiado. Según las actas militares, el interrogatorio es «breve y sin grandes confesiones por parte del prisionero, que a la primera ocasión actuó de forma vil e intentó huir, amenazando a los defensores del orden, que se vieron obligados a responder en legítima defensa».

En la selva, los hombres de Joaquín se alejan por cuenta propia, cada vez con más frecuencia, en busca de alimentos que casi nunca comparten con los demás. A principios de junio, Marcos y el boliviano Víctor, tras buscar varias veces sin resultado, se distancian más de lo conveniente, hasta que llegan muy cerca de Ticucha. Roban dos gallinas en una finca pequeña que creen que está desierta y, en el camino de vuelta, después de haber perdido varias horas buscando el sendero, los atacan unos indios astutos que salen del bosque armados con machetes y mosquetones oxidados. No sabemos si inicialmente los campesinos (que les seguían la pista desde que les habían robado) pensaban matarlos o no, pero la primera reacción de Marcos, dirán más tarde, es soltar la gallina ensangrentada y echar mano de la correa del rifle que llevaba en el hombro. Una bola de plomo se aloja sobre su ojo derecho y lo derriba; su ayudante es alcanzado en el tórax y morirá de camino al puesto médico de Ticucha. Ahora son catorce en el grupo de Joaquín.

9.

El Che y sus muchachos atraviesan el río Grande
con lluvia. El frío de junio ha llegado con fuerza y, cada
vez que paran, la humedad de la ropa les hace tiritar.
Avanzan despacio: han construido una balsa, pero sólo
caben tres guerrilleros a la vez, y se agita sobre unas aguas
fangosas, crecidas debido a las lluvias. Tal vez el comandante eche en falta a Marcos, que aunque terco, es un buen
constructor; pero en ese momento está siendo exhumado
en un depósito de cadáveres de Ticucha. Pombo, que no
se aparta del comandante, repara en su respiración entrecortada, «como si le faltara el aire», y observa que, cada
poco tiempo, recurre al inhalador para aliviar el asma. Está
delgado y barbudo «como san Lázaro». Puesto que el comandante se impacienta cada vez más con la demora, con-
voca a Bruno y a otros hombres de la vanguardia, así como
a Pombo; les ordena que vayan río arriba en busca de algún
poblado y consigan una canoa. «Pídanla, róbenla..., lo que
haga falta, porque yo ya no aguanto más aquí.» Media hora
después, está de pie a orillas del río, dispuesto a entrar en
la balsa, vacila al meter los pies en el agua. Ya les ha pasado la mochila a Willy y Arturo, dos de los más jóvenes,
que ya se han acomodado en la embarcación de troncos.
Entonces oyen tiros. «Según todos los indicios, los nuestros
caminaban sin precauciones y fueron vistos; los guardias
comenzaron la tiradera habitual y Pombo y Coco se pusieron a tirar sin ton ni son, alertándolos», escribe el Che
en su diario. Vuelve corriendo al bosque, agachado, al tiempo que la balsa se aleja. Willy y Arturo se han puesto de pie
sobre los troncos e intentan sacar un fusil que hay metido

entre los bultos, las olas hacen dar una virada a la embarcación y ésta vuelca. En el agua asoman dos cabecitas y unos brazos que se agitan. El Che, que está concentrado en averiguar de dónde vienen los tiros, tarda unos momentos en percatarse de la tragedia: la balsa va a la deriva y los hombres están con el agua al cuello, luchando contra la corriente, hundiéndose tras las mochilas. Una de éstas es la suya.

—Carajo, hombre, ¡las mochilas! —grita, dudando si abandonar o no la protección que ofrecen los árboles—. ¡La mochila!

Al final se decide y echa a correr hacia la orilla, putamadre, putamadre putamadre; Willy sale del agua arrastrando tras de sí una bolsa oscura cubierta de fango. El Che se agacha y rebusca en los bolsillos de la mochila, abre la cremallera, saca la ropa que hay dentro y se pone a rebuscar algo; cuando le preguntan qué busca, dice: «El inhalador, coño, el inhalador». Willy está a su lado, sonriente, a la espera de que le dé las gracias. El comandante se pone de pie, pero su respiración ha empeorado.

—Boliviano de mierda —le dice, y lo levanta en el aire—. Comemierda del carajo.

Sin el inhalador, sabe que tendrá problemas. Se pasa el resto del día apartado del grupo, sin hablar con los muchachos. Éstos no entienden qué importancia puede tener ese inhalador «que sólo expele aire comprimido». De entre todos, Urbano tiene el valor de preguntarle esa misma noche, cuando el comandante se muestra un poco más receptivo:

—Pero ¿el asma no es un problema psíquico?

El Che sonríe amargamente.

—Sí, es un problema psíquico. Por eso utilizo el inhalador: si se me cae o lo pierdo, como es algo psíquico, el asma empeora.

—Ah...

Durante la madrugada, las olas lo engullen a las profundidades del océano. Le falta la respiración al despertar.

«Soñé con el día en que, de niño, sufrí asma por primera vez», escribe. A continuación analiza la situación boliviana. «Lo interesante es la convulsión política del país, la fabulosa cantidad de pactos y contrapactos que hay en el ambiente. Pocas veces se ha visto tan claramente la posibilidad de catalización de la guerrilla.»

Después de reagruparse, los treinta hombres reanudan la marcha, bordean el río Grande y van a parar al Rosita. Al no tener contacto con los campesinos y no saber cazar, se alimentan del salvado de maíz que les queda. Ahora dependen de cualquier cosa que encuentren. João Batista comenta la infeliz experiencia de comer grama: «Me sentía como los caballos, escupía verde». Benigno recoge raíces, prepara un «caldo que nos espesa la boca, casi no podemos hablar», escribe Pacho. «Hoy El Burgués [el brasileño] se cagó las tripas; le irá bien a su carácter», dice el Che con el humor grosero que lo caracteriza. El 20 de junio, el comandante ejerce de «sacamuelas» en un poblado, extrayendo molares a campesinos asustados. La labor queda registrada en unos negativos enmohecidos, apagados por el paso del tiempo. Aquel que, según creemos, es João Batista sujeta a un paciente con sombrero hongo mientras el Che, que aparece con barba y con la gorra, extiende los brazos con un instrumento demasiado grande para ser manejado con una sola mano. Al fondo, unos curiosos completan la imagen. Por otra parte, el mismo rollo contiene, según se cree, la única fotografía que existe del brasileño de frente. Éste aparece sentado sobre un tocón a la intemperie, con un fusil M-1 en la mano derecha, la culata apoyada sobre el muslo y un niño en brazos. Los rizos, negros de tan sucios, se le escapan por debajo de la gorra. Es una imagen sin contraste y desenfocada.

Tres días más tarde, el Che se queja abiertamente del asma y se ve obligado a detener la marcha para recuperarse. La reserva de medicamentos es escasa, y la falta de aire ya no le deja dormir. Oye por la radio la noticia de la huelga general en la compañía minera Siglo XX y, al estar demasiado delgado para continuar, sigue desde la hamaca las actividades posteriores. En la reunión clandestina de la Federación Sindical deciden, entre otras cosas, donar un día de salario a los «valientes guerrilleros». Pero no saben dónde mandar el dinero. El gobierno los amenaza primero y, al final, los reprime. Durante el día de San Juan, el ejército ataca el campamento improvisado frente a la compañía minera y dispara a diestro y siniestro con un saldo de ochenta y siete muertos, entre los cuales se cuentan mujeres y niños. El Che se subleva y, puesto que desde el bosque no puede hacer mucho más, se desahoga escribiendo improperios en el diario. «Incapaz de hacer nada, ante la imposibilidad de trasladarse a la zona del conflicto y entrar en contacto con su organización urbana, al no poder evaluar la importancia de los acontecimientos [...] el Che sigue los hechos como un observador externo, a través de una radio argentina», escribe un biógrafo.

Al final de la tarde del 26 de junio, el ejército acorrala a los guerrilleros. En el momento en que cruzan un claro, los militares disparan. Los hombres del Che se ponen a cubierto de los tiros como pueden y responden a su vez con disparos; los soldados están bien posicionados y no retroceden. Cuando Tuma intenta pasar corriendo en medio del fuego cruzado, una bala le alcanza el vientre. Pombo salta a esconderse detrás de un termitero, pero también lo alcanzan y cae con una pierna ensangrentada. El Che no entiende qué sucede, no distingue de dónde proceden los tiros, oye a un guerrillero que chilla —más tarde sabrá que era Tuma—, y a otros que gritan. Cuando empieza a caer la noche, ordena la retirada a la guerrilla: los muchachos corren hacia la oscuridad sin mirar atrás.

Pombo llega apoyado sobre Aniceto, aunque su caso no es grave, pues la bala sólo le ha rozado los músculos del muslo. La situación de Tuma ya es otra cosa. Lo han amordazado para que no grite tanto, gira los ojos y agita las piernas en el aire. «En la oscuridad, parecía que tuviera un rabo en la barriga, pero eran las entrañas, que se le habían salido», recuerda João Batista. Pese a su formación en medicina, el Che alega que sólo «estudié alergias» y que lo más complicado que sabe hacer es extraer dientes («no opero a los amigos», dirá en su defensa). Deja la cirugía a cargo de Moro. Pero el médico cubano es uno de los que ha sufrido fuertes diarreas, no se ha recuperado del todo e, inclinado sobre la barriga de Tuma, duda y pide más luz; no consigue volver a introducir los órganos. «El hígado le sobresalía», relata Pombo. La noche es cerrada. Guevara sostiene la linterna, la luz se mueve sobre la masa rojiza y brillante. Al final, pide que lo detengan todo, que le quiten la mordaza a Tuma; éste sigue con la boca abierta, congelada en el intento de un último grito. «Con él se me fue un compañero inseparable de todos los últimos años, de una fidelidad a toda prueba y cuya ausencia siento desde ahora casi como la de un hijo», escribe el comandante. Se pone el Rolex del guerrillero en la muñeca, junto al suyo, y dice que lo entregará personalmente al hijo de Tuma en cuanto regrese a Cuba. En el diario comenta que si quieren salvar la guerrilla deben restablecer el contacto con la red urbana (no sabe que ésta se ha disuelto) y, aunque es imposible reclutar combatientes entre los campesinos, necesita entre cincuenta y cien hombres más.

Duerme menos de dos horas por las noches y ya no puede cargar con el peso de la mochila ni andar largas distancias. Y aunque se empeña en hacerlo (pues tiene fuerza de voluntad), le fallan las piernas. En la siguiente aldea que encuentran requisan una mula, y el Che sigue la marcha montado en ella, balanceándose a un lado y al otro, con las manos bien agarradas a las crines, mientras Pombo tira de las riendas cojeando. Los hombres temen que su determinación también empiece a flaquear. Preparan una emboscada en un recodo del camino. Con el dedo en el gatillo, ven pasar una camioneta «con dos soldaditos envueltos en frazada en la cama del vehículo», relata el Che, pero ésta, que quizá transportaba armas o alimentos, desaparece por el camino de tierra.

A falta de medicamentos y del inhalador, el comandante lo intenta todo para aliviar las crisis. Se administra inyecciones de endocaína, o fuma hierbas y tubérculos molidos. Una mezcla en particular le provoca ansiedad y dolores de cabeza. Está irascible, grita a los hombres sin motivos y, si ya dormía poco, pasa tres días insomne. Un día se cuelga de un árbol bocabajo, le pide a Pombo que le ate bien las piernas y le ordena: «Ahora pégueme». Pombo no lo ha entendido. Con la sangre agolpándose en el rostro, el comandante hace acopio de paciencia y le explica: coge el rifle y pégame con fuerza con la culata. El negro extiende el cañón y le da un culatazo. El Che grita, pero más de desesperación que de dolor: no quiere pasarse el día entero allí, bocabajo, como un «idiota». Con las venas de la cara rojas como orugas, le grita otra vez, diciéndole que deje de actuar como una niña, como un maricón «comemierda» y que golpee con fuerza. Pombo asiente, toma distancia y gira el cuerpo, empuñando el rifle como un bastón. Le acierta de lleno en la barriga; Guevara gruñe, se encoge y, al instante, desfallece dejando caer los brazos a ambos lados. Los demás gritan, Moro se encarama al árbol para soltarlo. Pero el Che no se ha desmayado y sigue enfadado; solamente había cerrado los ojos. Aspira para probar si entra aire en los pulmones, pero nada. Se desespera. Necesita efedrina, y ése es el motivo que los lleva a planear un asalto a la aldea de Samaipata (situada en un cruce de caminos entre Santa Cruz y Cochabamba) la tarde del 6 de julio de 1967.

«Salimos temprano rumbo a Peña Colorada, cruzando una zona habitada que nos recibía con terror. Al atardecer llegamos al Alto de Palermo», escribe el Che. João Batista recuerda la caminata; menciona la presencia de indios agazapados detrás de las ventanas, gente corriendo «como si fuéramos el demonio o cosa parecida». En la penumbra, Guevara divide el grupo y da instrucciones: «Tomar un vehículo que viniera de Samaipata, averiguar las condiciones reinantes [...], comprar en la farmacia, saquear el hospital, comprar alguna latería y golosinas y retornar». Papi, su hombre de confianza, destaca al mando de Coco, Pacho, João Batista, Aniceto, Julio y Chino. Parten con la expresa petición de que esta vez sean rápidos al requisar el vehículo.

—Cabrones, nada de hacer la misma mierda de las otras veces.

Deciden tomar un estrecho camino de tierra secundario, se apostan a ambos lados de una extensión de hierba, pero no hay movimiento de vehículos. Al principio de la noche, puesto que ya es tarde para llegar a Samaipata, caminan hasta el camino principal, lo bloquean con un tronco y, en menos de cinco minutos, aparece un viejo *pickup* procedente de Santa Cruz. Son rápidos, y se le echan encima a gritos. El conductor sale con las manos en alto, pero la india sentada en el asiento de al lado con un niño se niega a bajar, cierra las puertas y sube las ventanillas. Al poco, aparece otra camioneta por detrás. Papi envía a Coco y Chino a detenerla. Entonces oyen una bocina, y unos faros iluminan el bosque; los muchachos se vuelven hacia el otro lado del camino a tiempo para ver un camión cargado de jornaleros, que se aproxima. Los relatos sobre lo ocurrido discrepan. Según algunos, João Batista estaba, al parecer, muy nervioso, y atravesó la ventanilla con el arma, apuntando a la india a la cabeza, gritándole que bajara. Otros dicen que sólo gritó e intentó sacudir el *pickup*. En el interrogatorio no mencionará el incidente. Sin embargo, su acto será el detonador para que se desate más violencia: haciendo oídos sordos a las órdenes de Papi, Julio y Aniceto levantan al conductor, que estaba sentado en el borde del camino, y lo arrastran hasta llegar frente al vehículo. Bajo la mirada de un público mudo y a la luz de los faros, como en un escenario, lo tiran al suelo y lo pisotean, le dan patadas y le destrozan los huesos. Si la india no se hubiera decidido a salir, seguramente el hombre habría muerto.

Cuando suben al *pickup,* Coco toma el volante, pálido, con las manos temblorosas. No ve los baches que hay en el camino y va pisando las piedras; los hombres que van sentados atrás se agarran bien para no caer. Papi, que va sentado al lado, le pide que se calme; aquél asiente con la cabeza, pero actúa como si no lo hubiera oído. Entran en Samaipata por la calle principal, Coco pasa por las calles embalado, toma mal una curva y aplasta el parachoques contra el árbol de una esquina. Mete la marcha, hace chirriar los neumáticos y sigue. Dos manzanas después, detiene el vehículo bruscamente; João Batista, que va al lado de Papi, baja la ventanilla y pregunta a un transeúnte cómo llegar a la plaza principal. Vuelven a arrancar. Llegan a una plaza desierta, pues ya es tarde. Al estacionar, Coco sube una rueda del vehículo a la acera. Luego bajan todos a la vez, empuñando los rifles. Por las luces, cree haberse detenido enfrente de una farmacia, pero el local es una comisaría de policía. Papi lo llama burro y divide el grupo en dos. Encarga a Pacho, Julio y Chino que busquen una farmacia (que a esas horas seguramente estará cerrada). Papi, Coco, João Batista y Aniceto irrumpen en la comisaría gritando, abriendo de una patada la puerta, que da a una antesala, donde un soldadito que en ese momento estaba escuchando una radio a pilas da un suspiro y se desmaya. En la sala principal, cuatro jóvenes que estaban jugando a las cartas se quedan estupefactos en la mesa, mirando a aquellos barbudos malolientes. Un quinto soldado que dormía en un catre se levanta confuso, y Coco le apunta a la sien con el cañón del fusil. Registran la habitación, un cuarto adyacente y la celda vacía. Aniceto sale por una puerta del fondo, desaparece en la oscuridad de la noche y, al volver, asegura que no ha encontrado nada en el patio de atrás, que utilizan como huerto, ni en un templete que hay junto a la tapia. Exigen a los soldados que se quiten la ropa; Aniceto y Coco se pelean por las lustrosas botas que llevaba uno de ellos. En el armario de municiones, João Batista encuentra cinco máuseres y una subametralladora.

En el lado contrario de la plaza, Pacho, Julio y Chino tienen dificultades para entrar en la farmacia, ya que nunca habían hecho cosa parecida. Revientan el pomo a culatazos y Julio se luxa un hombro al intentar derribar la puerta con el cuerpo. Rompen los cristales de una ventana lateral, a través de la cual se lanzan adentro los dos primeros. Chino, el peruano, se queja de que no ve nada en la oscuridad y se corta con los trozos de cristal cuando la cruza el último. No encuentran un interruptor; están atolondrados por las prisas y resuelven seguir buscando a oscuras. Con las manos ensangrentadas y resbaladizas, el peruano registra los paquetes y tira al suelo un estante de medicamentos, tropieza y cae encima, momento en que pierde las gafas y (ahora sí) no ve nada. Jadeante, tantea en la oscuridad mientras Pacho, que se ha sacado del bolsillo una breve lista de la compra, intenta descifrar la pequeña letra del Che bajo la tenue luz que entra por la ventana. El primer encargo dice: *todas las existencias que tengan de efedrina.* Pero con aquella maldita letrita apretada, Pacho lee *efeduno.* Y pregunta a los demás: «¿Qué es efeduno, carajo?». Pero Chino y Julio no le oyen porque están llenando una mochila con todo lo que han encontrado en los estantes. No es gran cosa, pero abulta. Pacho vuelve a mirar la lista, y donde pone *cortisona* lee *cortirouo.* «¿Cortirouo?», pregunta. Chino y Julio sacuden rápidamente la caja registradora, se meten algo de dinero en los bolsillos y regresan juntos a la ventana. Oyen ladrar a unos perros. Al tratar de evitar apoyarse en ésta con las manos ensangrentadas, Chino se corta los antebrazos. Una vez fuera, se echan las mochilas a la espalda y cruzan la plaza corriendo.

En la jefatura de policía, los cuatro soldados están en calzoncillos, atados por las muñecas; el quinto sigue desmayado en el suelo. El oficial de guardia, un tal teniente Vacaflor, que participaba en la partida de cartas, llora bajito; les dice que tiene mujer e hijas, les pide que no lo maten. Uno de ellos susurra que el muchacho desmayado tiene problemas cardíacos. Papi le ordena que se calle. Desde donde están, ven que Aniceto toca el cuerpo desfallecido con la punta del rifle con curiosidad. Coco se prueba las botas y luego camina por la sala mirándose los pies. João Batista ha salido al patio de atrás, se ha arrodillado en el huerto para arrancar tallos en la oscuridad, en busca de algo comestible. «Me acuerdo mucho del hambre, de sentir un hambre terrible», dirá. Entonces oye un ruido que viene de atrás. Todo indica que Aniceto no ha registrado bien el templete, como había afirmado, porque no ha detectado al soldado que había en el baño. Esa misma noche, Papi contará que estaban en la sala y que no vieron a João Batista apartarse en la oscuridad. «Oímos una puerta que golpeaba o algo así, y luego gritos, y luego tiros.» El brasileño aparece lívido en el umbral. Papi y Coco salen al huerto y se encuentran con un muchacho que jadea, con las manos sobre la barriga, intentando contener la sangre que se le escurre entre los dedos. «Yo no le daba ni una hora de vida a ese pobrecito», dirá Papi. Una vez más, João Batista calla sobre lo ocurrido.

Deciden marcharse enseguida, llevándose con ellos a los cuatro soldados semidesnudos. El saqueo de la farmacia, los tiros, los perros, todo ello ha despertado a la ciudad, y las luces de las ventanas se van encendiendo mientras los guerrilleros suben al *pickup*. En el camino de vuelta, dejarán a un kilómetro del pueblo a los soldaditos, que tienen los labios morados de frío.

Esa misma noche, Papi informa a Guevara de los detalles. Éste sospecha que las consecuencias no serán precisamente positivas. «La acción se realizó ante todo el pueblo y la multitud de viajeros, de manera que se regará como pólvora.» La noticia de que João Batista ha matado a un soldado se extiende entre la guerrilla; algunos lo felicitan a pesar de su renuencia a confirmar la muerte de aquél. El Che no le presta atención; está abriendo las mochilas que han traído de la farmacia, rodeado por los muchachos. Agachado sobre éstas, va sacando a la luz de la hoguera los artículos robados. Pomadas contra las picaduras de insectos, contra las varices, para las quemaduras. Cremas hidratantes para pieles secas y grasas. Colirios, jarabes para la tos, lociones contra la caída capilar, tónicos; con cada producto que retira de la mochila, su respiración es más dificultosa. Pastillas para el mareo, para la jaqueca, para la mala digestión... Mercromina, laxante en polvo...

—Carajo..., pero ¿y lo que pedí? ¿Y los medicamentos que había pedido? —dice tirando los frascos por el suelo; el asma empeora con cada palabra.

Chino intenta explicar lo ocurrido: había muchos soldados, muchos tiros. «No..., los medicamentos que pedí...», repite el Che, tambaleándose al levantarse. Todos creen que está a punto de ahogarse y desplomarse, pero no: en un acceso de furia, da una patada a las cajitas de medicamentos. «Fusilarlos», susurra, «tendría que fusilarlos», y desaparece en su rincón más reservado. En el diario sólo anota: «En el orden de los abastecimientos, la acción fue un fracaso; el Chino se dejó mangonear por Pacho y Julio, y no se compró nada de provecho».

Como estaba previsto, la historia del ataque se extiende; el periódico *La Noticia* publica en primera página que están bajo el mando de un general del Vietcong, especialista «en técnicas de guerrilla en la selva, que ya había actuado contra los norteamericanos». También aparece un retrato robot que, aunque rudimentario, es una copia fiel

de la cara de Chino. Ante la presión, el comando militar
promete que llevará a cabo una acción eficaz para dar caza
a los comunistas. Así como antes del incidente los perse-
guía la Cuarta División, con base en Camiri, ahora empe-
zará a acosarlos la Octava División, con base en Santa
Cruz.

La guerrilla recorre una región árida, marcha para
encontrar agua, saquear alguna plantación y alimentarse,
aunque sea un día más. El asma del comandante empeora
y hay momentos en que éste necesita apoyarse en Pacho y
Pombo para seguir caminando. «Hoy tomé jarabe para la
tos; mi asma es la misma, pero pasé toda la mañana con
un mal sabor de boca», escribe. «Me inyecté varias veces
para poder seguir usando al final una solución de adrenalina al 1/900 preparada para colirio», relata al día siguiente. Por la radio, ha oído alguna que otra noticia sobre el
principio del juicio de Danton y Bustos. «Han hecho una
confesión del propósito intercontinental de la guerrilla,
cosa que no tenían que hacer.» También está al corriente
de la resolución negociada de la huelga de mineros de la
compañía Siglo XX; después de la masacre, han tenido que
aceptar los términos que ha propuesto el gobierno, cosa
que «constituye una derrota total de los trabajadores». El 12
de julio, cuando llevan un día parados en un mismo lugar
—según Pacho por una «absoluta falta de condiciones del
comandante»—, oyen la noticia de un combate en Iquira,
«con un muerto de parte nuestra, cuyo cadáver llevaron a
Lagunillas. La euforia sobre el cadáver indica que algo de
verdad hay en el caso».
Es la única noticia que les llega del grupo de Joaquín. Después de ser perseguido durante treinta horas por
dos destacamentos del ejército, éste fue acorralado al pie
de una ladera. Serapio (el cojo) se rezagó y lo acribillaron
a balazos; su cuerpo es el que se exhibe en Lagunillas.

Joaquín y el resto de los hombres siguen a la fuga. Encuentran abrigo en la casa de un tal Zoilo Uzeda, un hombre arrugado que les lleva algo de agua y harina de maíz, que se disputan con ferocidad: los más flacos, como Tania, tienen que conformarse solamente con agua. Violentos y poco sociables como son, usan las culatas a modo de majadores. El sindicalista Moisés es el único que ofrece ayuda a la agente alemana, pero hace tres días que sufre de diarrea y está echado en una esquina, como un muerto. Tania sueña despierta, sus ojos nunca se cierran y, a veces, como si estuviera poseída, se sobresalta gritando y se arrastra por el suelo, huyendo de perseguidores imaginarios.

De madrugada, Zoilo abandona furtivamente la casa. Por la mañana, están rodeados, pero consiguen escapar una vez más. Chingolo y Eusebio, dos bolivianos rezagados, acaban desertando y, dos días después, los capturan al norte de Monteagudo. Cuando el ejército los interrogue, proporcionarán información valiosa sobre el desmembramiento de la guerrilla.

10.

A finales de julio, el Che da media vuelta y acampa a orillas del río Rosita, en un largo camino de regreso a Ñancahuazú. Pese a estar en las últimas debido al asma, todavía abriga la esperanza de regresar al campamento inicial para buscar medicamentos escondidos en cuevas que el ejército no haya descubierto. Reanudan la marcha el día 27. A João Batista le sangran las encías y, en algunos momentos, las rodillas no le responden, y Pacho tiene diarreas. En torno a las once de la mañana tienen el primer roce con la Octava División. El Destacamento Trinidad, bajo el mando del capitán Rico Toro, los avista al subir por una elevación descubierta en la quebrada Corralones, cerca del río Morocos. «En ese momento se me heló el corazón; pensé en mis hijos y en el destino que podría sellar para el futuro de la patria», dirá el capitán décadas más tarde en una declaración a un folleto conmemorativo del Ejército. Ponen en posición los morteros oxidados de la Segunda Guerra Mundial y disparan al voleo, con falta de práctica y mala puntería. Un destacamento bajo el mando del subteniente Eduardo Galindo Grandchandt los rodea por el oeste y corta la ruta de fuga de los guerrilleros. Se encuentran de frente; los disparos matan al guía, Armando Cortez Espíndola, y le arrancan dos dedos a un soldado. Los guerrilleros huyen por la ladera, bajando en dirección al Morocos. El Destacamento Trinidad los sigue durante un rato, los pierde de vista y vuelve a seguirles la pista. La Cuarta División se aproxima por el sur, bordeando el mismo río. Tres días después, los guerrilleros están a medio camino entre ambas divisiones; han conseguido algo de comida en una pequeña finca y han robado una mula y un caballo (un équido blanco y de porte altivo, que Guevara se queda con mucho gusto). Creen estar fuera de peligro y Pombo escribe que «finalmente reina un aire de tranquilidad, pues estábamos exhaustos». Una india que vive cerca del lugar los avista y, al caer la tarde, esa misma mujer se cruza con el Destacamento Trinidad. Les habla del grupo que ha visto acampado en Morocos, pero se confunde con la cantidad y dice haber visto a sesenta hombres con ropa militar. El capitán, que ha desistido de seguir el rastro a los guerrilleros, da por sentado que la mujer se refiere a la Cuarta División. En medio de la madrugada, envía el destacamento del subteniente José Rivera Sundt para establecer el primer contacto.

A las cuatro de la madrugada del día siguiente, los soldados vislumbran en la oscuridad de la selva el resplandor de una hoguera al otro lado del río. Discuten de si hay riesgo; Rivera Sundt decide que no. «Erróneamente, [...] considera que la hoguera es de las tropas con las que debe establecer contacto; de esta forma, sin esperar a que amanezca ni asegurarse de la identidad del grupo, se pone al frente de sus hombres y cruza el río con la ayuda de una linterna», escribe el general Prado Salmón en su libro de memorias. Los guerrilleros duermen. Moro, que está de turno de guardia, envuelto en una manta, se sobresalta al distinguir un haz amarillento en el río, unos metros más abajo de la loma donde están acampados. Quizá se ha dormido y, cuando ve que se aproximan, es demasiado tarde: ya han salido del río, se están estrujando los bajos del uniforme y susurran entre sí. Posteriormente, Moro afirmará que no dormía, que preparó el gatillo con sumo cuidado, antes de gritar:

—¿Oiga? ¿Quién es?

—Destacamento Trinidad —responde Rivera con una voz de soprano que se impone sobre los ruidos del bosque.

Moro dispara una, dos, tres veces. El Che, que está insomne, salta de la hamaca, y los demás se despiertan confusos. El resplandor de los disparos los ciega, no saben dónde están los soldados, que han echado a correr hacia el barranco y devuelven los tiros desde una posición defensiva. Los guerrilleros León y Miguel reúnen a los animales y preparan la retirada.

No consiguen organizar la fuga a tiempo. A primera hora de la mañana llega el Destacamento Trinidad, que se posiciona en la orilla contraria. Rico Toro envía a las secciones Monzón y Galindo a un ataque por los flancos. Él mismo encabeza un arriesgado ataque frontal, atravesando el curso del río con agua por la cintura, blandiendo el rifle como un sable. El Che desplaza a siete hombres a las líneas de defensa bajo el mando de Benigno y Papi, a la vez que organiza personalmente la retirada, insultando a los bolivianos por quedarse atrás. Se monta en el caballo blanco y espera entre los árboles. Amanece. Cual figura heroica, hace girar al caballo, tira de las riendas y lo empina. Algunos tiros pasan más cerca y el animal se asusta, vuelve a empinarse; al hallarse en un declive del terreno, pierde el equilibrio y tira al comandante al suelo. Pombo, Miguel y Coco acuden corriendo a protegerlo y se colocan entre él y las líneas enemigas, que ya suben por la ladera, empujando a los guerrilleros bosque adentro. Retroceden, vuelven a encontrarse el Morocos, que hace una curva alrededor del terreno elevado, e inician la travesía. «Ya eran cerca de las seis y todavía se perdió más tiempo», escribe el Che. «El resultado final fue que ya en los últimos cruces estábamos bajo el fuego de los soldaditos, quienes se envalentonaron.»

El Che envía a Urbano, Ñato, León, Miguel y Julio al combate; la mayoría no ha disparado siquiera un tiro hasta el momento, pero no tiene tiempo para darles instrucciones. Minutos después se ve obligado a enviar a más hombres al frente. Llama a Coco, a Eustaquio y a João

Batista. El sol está alto, el comandante ha cruzado el río como ha podido, dejándolo casi todo atrás, y ahora le toca a la línea de defensa, que tendrá que atravesarlo a la vista del enemigo. En ese trecho, la profundidad no supera el metro, pero la corriente es fuerte. Papi casi ha llegado al otro lado; levanta una pierna y otra bien alto sobre el agua, cuando recibe un tiro. Pacho grita a João Batista y a Arturo y, cuando ven que la corriente se lleva a Papi, tiran de él por los brazos; vuelven a llover balas sobre el agua, y Pacho cae de bruces. Raúl acude corriendo en su ayuda, pero una bala lo alcanza en la nuca y le destroza el cráneo.

Los guerrilleros siguen huyendo por el bosque. A las tres de la tarde ya no se oyen tiros, y el Che ordena detenerse. Los muchachos se dejan caer en el suelo, y el comandante desdobla unos mapas rasgados, ya que no tiene idea de dónde han ido a parar. Pacho está herido y va montado en la mula, que tira de una estera a la que han atado a Papi. Arturo, su hermano pequeño, le dice que todo irá bien, pero, como respuesta, su cuerpo tiembla como una máquina vieja. «Pacho tiene una herida superficial que le atraviesa las nalgas y la piel de los testículos», escribe el Che, «pero Papi estaba muy grave y el último plasma se había perdido en la mochila de Willy. A las diez de la noche murió Papi y lo enterramos cerca del río, en un lugar bien oculto, para que no lo localicen los guardias». Han perdido once mochilas y el Che ha dejado atrás un libro de Trotski y otro de Régis Debray con notas en los márgenes; «bonito material de propaganda para Barrientos». Lamenta la muerte de un «extraordinario combatiente y un viejo compañero de aventuras». Ahora dice: «somos veintitrés, entre ellos, dos heridos, Pacho y Pombo, y yo, con el asma a todo vapor».

A pesar de los reveses, adquieren notoriedad. En Argentina, el general Onganía cierra las fronteras con Bolivia, y Perú refuerza la vigilancia de sus puestos. En La Paz, los partidos de izquierdas, a un paso de la ilegalidad, se reúnen para discutir una posible ayuda a la guerrilla. En una reunión de ocho horas marcada por insultos y discordancias, Mario Monje hará una famosa declaración: «El Che no saldrá vivo de aquí. Todo el grupo será exterminado. Cometieron el peor de los errores». Terminarán la reunión sin tener siquiera un manifiesto que firmar. «No podíamos haber representado un papel peor», dirá Loyola Guzmán.

El Che todavía no ha localizado dónde están en el mapa. Por la noche, durante el descanso de una marcha forzada, da un largo discurso para celebrar el día de la independencia boliviana. A la noche siguiente, da otro discurso sobre el aniversario de la guerrilla. Aunque es optimista ante los hombres, su diario refleja amargura. «Hoy se cumplen nueve meses exactos de la constitución de la guerrilla con nuestra llegada. De los seis primeros, dos están muertos, uno desaparecido y dos heridos; yo con un asma que no sé cómo cortar.»

Pasa la noche sin dormir. Cuando llega la madrugada, no tiene fuerzas para seguir la marcha, pero lo hace, como hipnotizado, montado en una mula escuálida que patina de hambre y cansancio. El Che parece estar soñando. Se sacude a un lado y al otro, y tiene la mirada perdida. Al final, a las nueve de la mañana, el animal se planta. Cuando el comandante recobra poco a poco el sentido, mira parpadeando a su alrededor y parece reconocer a los hombres. Tira de las riendas una, dos veces. Entonces se da cuenta de que la mula no se ha movido del mismo sitio. Le hace señales con los brazos y le da palmadas en el pescuezo, pero ésta sigue plantada. Le da patadas en el vientre, llama a la pobre mula comemierda, la fustiga en las ancas. Ya está despierto del todo, con la cara morada y la respiración entrecortada. Saca un cuchillo que lleva sujeto a la mochila y, con un grito ronco, hunde la lámina herrumbrosa en el animal, que se empina y lo echa hacia atrás. El comandante cae al suelo de espaldas, pero el pie izquierdo se le queda enganchado en un estribo improvisado y, cuando la mula echa a correr, levantando piedras y espinos, lo arrastra con ella. Los guerrilleros gritan, algunos se llevan las manos a la boca, horrorizados. Cuando alcanzan al Che, está estirado en el suelo, y la mula, unos metros más adelante, ha caído en medio de un charco de sangre e intenta arrastrarse con las patas delanteras. Pombo le pega un tiro de misericordia, pero falla en el punto esencial y le da un segundo tiro, un tercero, un cuarto..., el animal relincha.

Llevan al Che en una hamaca. En momentos de lucidez habla con el boliviano Inti, que ha pasado a ser el segundo al mando. Están cada vez más cerca del lugar donde empezaron la guerrilla. Por la noche oyen en la radio que han abatido a otro hombre de Joaquín al este de Taperillas.

Por la noche, el comandante delira. João Batista, que está junto a él, recuerda que «movía la cabeza a los dos lados, sudando, diciendo cosas incomprensibles». Moro le pone una inyección de la poca morfina que les queda. El 13 de agosto recobra la consciencia y, a instancia de los hombres, accede a enviar una patrulla hasta el campamento de Ñancahuazú para buscar la reserva de medicamentos contra el asma. Décadas más tarde, un biógrafo criticará la decisión. «El movimiento más prudente habría sido alejarse de su antigua base de operaciones, pero la salud deteriorada del Che los obligó a moverse en dirección a la mayor fuerza del enemigo, violando una ley fundamental de la guerra de guerrillas.»

Benigno, Ñato y Julio parten de madrugada; la misión de ida y vuelta durará al menos tres días, pero esa misma noche, Guevara oye el boletín de una emisora local y se exaspera. «Día negro», escribe. Tuvimos «noticias de la toma de la cueva, adonde iban los enviados, con señales tan precisas que no es posible dudar. Ahora estoy condenado a padecer asma por un tiempo no definible. También nos tomaron documentos de todo tipo y fotografías. Es el golpe más duro que nos hayan dado; alguien habló. ¿Quién? Es la incógnita».

Los tres hombres no consiguen ni aproximarse al campamento por temor a que los perros los olfateen. Montan guardia durante unos días; no son capaces de cazar nada y se alimentan de raíces. De regreso se pierden en el bosque durante catorce días y, cuando por fin se reencuentran con los demás, el escenario que hallan es desolador. Casi todos están enfermos, y algunos bolivianos tienen hematomas y cortes, «posibles indicios de peleas que nadie ha querido impedir», escribe Benigno. Camba ha perdido un trozo de oreja y quiere abandonar la guerrilla; Chapaco lo acusa de cobarde, «pero él mismo espera salir dentro de seis meses a un año, cuando haya vencido». Entre los enfermos, Moro es el que está más grave. Benigno se lo encuentra echado en un rincón, tapado con una lona. «Aparté la tela para darle los buenos días e intenté levantarlo en mis brazos. Pero ni siquiera podía incorporarse; es el que está peor del grupo.»

Vuelven a emprender la marcha en busca de alimentos. «Chapaco, Eustaquio y Chino se están desmoronando por falta de agua», anota el comandante. «Miguel y Darío se tomaban los orines, y otro tanto hacía el Chino, con resultados nefastos de diarreas y calambres.» Al final del segundo día, descubren un pequeño campo de caña de azúcar, «muy parecido a aquellos que, en Cuba, crecen en la margen de los ríos», escribe Benigno.

—¿Ves esas cañas? —le dice al Che—. Al final del tallo, siempre hay un poco de agua.

«Mientras cortábamos la base de las cañas, él y los demás compas usaban un moledor de maíz y trituraban los tallos. Consiguieron sacar cerca de medio litro, lo que no es nada para veintitrés hombres que no beben una gota desde hace cuatro días.» El Che balancea la cantimplora en el aire, sin saber qué hacer. Inti propone que sólo beban el comandante y los cinco hombres más valiosos; Antonio, al fondo, lo llama «maricón» e intercambian insultos. Chino y Miguel imploran que el argentino les dé más que a los otros, ya que se han intoxicado y necesitan mejorar. Algunos amenazan con pelearse, otros se empujan. Guevara sube a un montículo entre la caña cortada; ante la adversidad parece hacerse con el control de la situación.

—Comemierdas de mierda, ¿quién les mandó beber orina? So maricones.

Al ver que los hombres callan, prosigue. «Si sólo tuvieran un pan para cincuenta guerrilleros, ¿a quién escogerían para alimentar?» Algunos opinan, pero él no los escucha. Alza los brazos y vuelve a tomar aire. «¿Los más valiosos para la guerrilla? ¿Los más debilitados? Pues les diré algo: yo repartiría el pan en cincuenta pedacitos. Así todos verían que se los respeta de la misma forma y sacarían más fuerza de sus entrañas para combatir al enemigo.»

Pide una cuchara. A continuación ordena a Inti que ponga a los hombres en fila. La distribución se repetirá tres veces. Por último, vacía en el suelo, delante de todos, lo que queda en el fondo de la cantimplora. Quiere ecuanimidad. Renovado por sus propias palabras, ese día encabeza la marcha.

El 2 de septiembre encuentran un claro. Se trata de una plantación invadida por el bosque, con una casucha negra al fondo. Son las tierras de Honorato Rojas, el mismo campesino con quien se cruzaron hace seis meses. La primera vez, aquel hombre abatido los ayudó a encontrar una senda hasta el Masicurí. Ahora quizá los ayude a buscar al grupo extraviado. Pero no encuentran a Rojas ni a su familia en ninguna parte. «La casa estaba vacía y cerrada como si se hubieran ido de viaje», escribe el Che. Los hombres de la vanguardia pasan de largo de la casita y avanzan con cautela por un declive desbrozado. «Un centenar de metros más abajo encontramos unas barracas que el ejército había montado», recuerda Benigno. «Observamos y escuchamos en silencio, pero no se movía nada. Una hoguera apagada recientemente nos dio la pista de que los soldados habían estado allí no hacía mucho.» Echan abajo la puerta de la casita, saquean el grano y, acto seguido, se marchan sin esperar a que el campesino regrese.

No encuentran rastros significativos, algo que pueda revelar el paso de Joaquín por la zona. No obstante, por una curiosa confabulación del destino, él y sus hombres estuvieron allí dos días antes. Entonces la casita aún estaba habitada: salía humo de las rendijas y olía a maíz cocido. Los guerrilleros, con un hambre que los obligaba a vencer el miedo e intentar ponerse en contacto con los campesinos, esperaron en el bosque, mientras Joaquín, Braulio y Alejandro se acercaron a la casa, dieron unas palmadas y esperaron a que Honorato saliera. Por la puerta apareció una negra a quien nunca habían visto, con un niño en brazos. Le preguntaron dónde estaba Honorato y la amenazaron con echar la casa abajo si no se lo decía; ella envió al hijo mayor, un niño desharrapado y enfermo del que los guerrilleros apenas se acordaban, a buscar a su padre por un sendero.

El niño echó a correr por un camino hasta el Masicurí y, en vez de encontrar a Honorato, se cruzó con una patrulla. Llorando, les contó que unos forasteros querían hablar con su padre. Se lo llevaron al cuartel de Lajas, donde el oficial al mando, el capitán Mario Vargas Salinas, intentó interrogarlo. «Divagaba, quería que viniera su padre, pero la imagen de aquellos hombres barbudos era recurrente en sus recuerdos.» El capitán ni siquiera disponía de un destacamento completo, pero, alegando que actuar con rapidez era fundamental, organizó un grupo de cuarenta y un hombres, que incluía cadetes de la escuela militar que estaban de visita en la región, campesinos y su equipo de cocina. Llegaron a las cercanías de la casa de Honorato la mañana del 31 de agosto. Los batidores se pasaron las dos horas siguientes al acecho. Más tarde, «se encontraron en el sendero con una mulata que decía vivir con Honorato; les contó que, en efecto, los guerrilleros habían pasado por allí y habían obligado a su marido a ayudarlos», escribe el general Prado Salmón. Al final del día consiguieron hablar con el campesino, que aunque estaba muy asustado, les contó lo que sabía: los guerrilleros estaban acampados a quinientos metros de su casa. Según él, le habían exigido comida y habían acabado con toda su reserva de harina. Luego le pidieron ayuda para cruzar el río Grande. Honorato les dijo que era peligroso cruzarlo de noche, y acordaron hacerlo al día siguiente, a través de un tramo practicable que él conocía. Por primera vez, el ejército llegaba en el momento justo.

Los guerrilleros cruzarían el río en un punto llamado vado del Yeso, denominado así por las blanquecinas y erosionadas elevaciones de caliza en ambas orillas, que formaban surcos y caminos entre los bloques de tierra resquebrajados. Aquí, el capitán decidió apostar a sus soldados: tumbados y agazapados en las hendiduras laterales, entre unos troncos derribados y la espesura; en lo alto del declive, con visión parcial del tramo del río; y en el lado contrario de la orilla por donde los guerrilleros tenían que pasar. Eran las 6.30 del 1 de septiembre cuando terminó de posicionarlos. Les ordenó que no se movieran de allí y que tuvieran paciencia. Esperaron hasta el final de la tarde, cuando, al fin, apareció Honorato, a la cabeza del grupo de Joaquín. Según dijo Prado Salmón, «la tropa de guardia soportó durante todo el día el calor y los bichos estoicamente». El que se moviera, «pasaría por el filo de la espada». Un tal sargento Barba, oculto con cinco hombres más en la orilla contraria del río, se tumbó sobre un hormiguero y se pasó el día con «dolores lancinantes en el vientre y los testículos». Posteriormente sería condecorado por su valentía en el combate.

A las 17.20, un centinela avisó al capitán de que habían detectado movimientos en la otra orilla. Quince minutos después llegó Honorato sin mirar atrás, y se metió en el agua. Transcurrió algo más de tiempo, que debió de parecer una eternidad a los soldados. Al fin, de entre los árboles apareció un negro: recordaba un animal, que antes de beber en la orilla, comprueba que no haya ningún depredador cerca. Era Braulio, el batidor, husmeando el aire con la ametralladora entre las manos. Sin moverse, quitó la mano derecha del gatillo para hacer señas a los que venían por detrás. En cuanto avanzó y hundió los pies en el agua, los árboles se movieron y el bosque pareció adquirir vida. Pero no: eran hombres de piel cetrina, amarilla, cenicienta; muertos vivientes que marchaban sin ritmo, con los ojos vidriosos, arrastrándose hacia la luz de la tarde. No eran más de diez figuras, todas ellas muy parecidas, si bien era fácil reconocer a una mujer entre ellos, por su rostro fino y su cuerpo menudo. El capitán Vargas Salinas esperó un poco por si salía alguien más, pues los quería a todos en el punto de mira. No apretó el gatillo hasta que no vio entrar en el río al último de ellos, que arrastraba a otro apoyado en los hombros. Lo que ocurrió a continuación fue muy rápido. Unos con agua a media pierna, otros hasta la cintura, con imposibilidad de correr o buscar abrigo, fueron acribillados, cayeron de espaldas y se hundieron en la corriente. Descargaron más proyectiles contra los que intentaron nadar. Fue un auténtico fusilamiento: los militares gastaron hasta la última bala, asegurándose de que nadie asomara a la superficie.

11.

Guevara se entera de la aniquilación por la radio, pero se niega a creerlo. Al día siguiente, otra noticia: José Carrillo (Paco) es el único superviviente de un grupo de nueve hombres y una mujer al que el ejército atacó en una emboscada. «Mentira», comenta a João Batista. El 7 de septiembre, el Che escribe: «Radio la Cruz del Sur anuncia el hallazgo del cadáver de Tania la guerrillera en las orillas del río Grande; es una noticia que no tiene los visos de veracidad». Prosiguen la marcha, más o menos siguiendo los últimos pasos de Joaquín y su grupo. Pero al no conocer el recorrido del río Grande, tres días después, cuando intentan cruzarlo, pierden dos mulas, y el comandante, las botas. En adelante se ve obligado a caminar con unas sandalias rústicas hechas con lianas, trapos y pedazos de neumático. Siguen una ruta que asciende por las montañas, y el Che registra en el diario los cambios de altitud. Antonio, que hace nueve noches que no duerme y sufre alucinaciones, cree que los árboles han adquirido vida y «gritaba como un loco cuando lo ataron de brazos y piernas». Benigno, que se ha puesto en contacto con campesinos sin previo permiso del comandante (denunciando de este modo su posición al ejército, según Guevara), es considerado «un peligro en la toma de decisiones, inapto para estar al mando de la vanguardia». No satisfecho, en un acceso de furia lo llama «saco de mierda», «traidor de la causa revolucionaria», y «mierda introvertido». «Se apoderó de mí una gran flaqueza», escribe Benigno, «la mayor de mi vida, y, como no tenía suficientes conocimientos para discutir con el Che, me eché a llorar».

El 15 de septiembre, el comandante oye que el Departamento de Investigación Criminal ha detenido a Loyola Guzmán, la tesorera de la extinta red urbana, y que, estando esposada en una salita de la tercera planta del Palacio del Gobierno en La Paz, a la espera del traslado a una prisión militar, aprovechó el descuido del soldado de guardia y se tiró por la ventana. Pero fue un intento de suicidio frustrado, pues al caer de pie, se fracturó los huesos hasta la cadera. «Por lo menos así habrá escapado a las torturas», comenta.

Al anochecer, «la avioneta [...]» volvió a sobrevolar «la zona en forma sospechosa». Apaga la radio, mira a su alrededor. Los hombres mastican una parca ración de harina y agua, y las sobras de una carne de mula podrida, perforada de gusanos. A pesar de haberle tocado el pedazo menos podrido, Moro no ha querido comer; está cada vez más enfermo, tumbado en un rincón mal iluminado, cubierto con una lona. «Tenemos que tocarlo para saber si está vivo», escribe Pacho. El Che vuelve a inclinarse sobre el diario, escribe las primeras palabras y el bolígrafo le falla. «Signo de los tiempos: se me acabó la tinta.»

La madrugada del 22 de septiembre se aproximan a Alto Seco, un villorrio de no más de cincuenta casas, a mil novecientos metros de altitud. El terreno y la vegetación han ido cambiando a medida que han ido ascendiendo, y ahora el horizonte es lunar, con un suelo pedregoso cubierto de una arena caliza, fina y blanquecina, que se les adhiere a la ropa como polvo de tiza. Los arbustos son bajos, de ramas retorcidas y grises. El cielo es azul y blanco, y la luz del sol parece más fría. Es difícil encontrar agua; en el camino, unos perros ladran. En el horizonte, avistan unas casitas trémulas, así como unas siluetas negras que se apresuran por las callejuelas. Cuando llegan a las primeras casas ya no queda nadie. En aquellas a las que llaman, sólo encuentran a mujeres, ancianos y niños, que los observan como si fueran de otro planeta. Inti pregunta dónde están los hombres, pero nadie responde; es como si no entendieran su lengua. Son indios del altiplano, dice Inti, *cholos* taimados que harán lo posible para traicionarlos. Pide permiso al comandante para realizar «interrogatorios más eficaces». El Che es un esqueleto que camina con la ayuda de Pombo y João Batista, y se limita a emitir jadeos asmáticos, que Inti interpreta como un asentimiento. Por fin, cuando amenaza con pegarle a una india, uno de los viejos habla. Les dice que los hombres han salido temprano para trabajar en el campo, que deberían regresar al final del día y que la persona más importante del lugar es un tal Vidal Osinagas, un comerciante, pero tampoco está. Todo indica que ha huido al saber que los guerrilleros se aproximaban. Destrozan su casa, que hace las veces de tienda, y toman lo que pueden: ropa, harina, aceite, maíz, arroz, leche, patatas y carne de cerdo salada. El Che, encorvado como un anciano, secunda a los hombres en el pillaje y busca unos zapatos entre los pares que hay tirados en un rincón, pero ninguno le vale. Se llevan un asno de Osinagas y atan las provisiones a los flancos del animal. La mujer del comerciante llora, les dice que tienen un hijo pequeño que criar y ahora están arruinados. «Pero Inti, que asumía cada vez más poder en la guerrilla, no le prestó oídos y hasta la amenazó con abofetearla si no callaba», recuerda João Batista.

Reúnen a los habitantes en la escuela del lugar, e Inti da una charla sobre la causa revolucionaria. Suelta las frases de memoria, es un autómata que no aparta la vista de la pared encalada. Les dice que combatirán en todas partes hasta derrocar el gobierno. «Dicen que somos bandoleros, pero en realidad estamos luchando por ustedes, por la clase trabajadora.» Las indias lo observan con la boca abierta e intercambian miradas entre ellas. Al fin, un viejo confuso le pregunta si son comunistas y si es verdad que, si vencen, obligarán a la gente a compartir sus casas con los pobres. Inti dice que no habrá más pobres en Bolivia, ni propiedad privada. El viejo traduce sus palabras al quechua, y las mujeres se exaltan, por lo que es evidente que ha tergiversado el discurso con su versión. Inti ya no sabe qué más decir. Todos a la vez, mujeres y viejos, protestan, apuntándoles con dedos acusadores. El Che, que estaba sentado en una mesa al fondo, se levanta, se acerca lentamente hasta el frente y se dirige a los bolivianos por primera vez. «Habló desde el anonimato y, al parecer, no causó una gran impresión», escribe un biógrafo. «Invitó a los presentes a unirse a la revolución, pero nadie aceptó el ofrecimiento.»

Al salir de la escuela, un niño en harapos se aproxima corriendo a Pablo y le dice que le gustaría unirse a ellos. Pablito es un boliviano de veintidós años del altiplano que entiende algo de quechua. Sin dejar de andar, mirando al frente, susurra al niño:

—No seas loco. Estamos en un apuro y no sabemos cómo salir de aquí.

Miguel, el nuevo cubano al mando de la vanguardia, ordena que caven trincheras en la entrada de la aldea y que se aposten para esperar a los trabajadores. Pero anochece, y no ha aparecido ningún vehículo. Probablemente, la noticia de que están allí ya se ha extendido por la región. Inti propone un interrogatorio en masa, está enfurecido por la «deslealtad de estos indios», pero el Che le acaba pidiendo que se serene. Cuando el comandante no está cerca, el boliviano dice que no está satisfecho con las decisiones que se están tomando.

Parten al día siguiente y, a media tarde, paran para descansar bajo un naranjal florido, donde Benigno prepara un banquete con lo robado: sopa, cerdo frito, patatas cocidas y arroz con leche. Se hartan de comer y se echan a la sombra de los árboles, descansan hasta el anochecer y «el Che no dejó de vomitar, chillando, diciendo que estaba mal del hígado». No puede seguir la marcha; aparte de los dolores estomacales y del agotamiento, las sandalias le han cortado los pies. Va montado en el asno, agarrándose con fuerza a la crin. Por la mañana pasan por un rancho vacío, llamado Loma Larga. Al día siguiente llegan a Pujito. No hay ni un alma por donde pasan; tampoco hay comida. Los campesinos han huido, llevándoselo todo con ellos, una «táctica de tierra quemada», escribe Pacho. «La noticia de nuestra presencia va más deprisa de lo que nos movemos.» Quieren llegar a La Higuera, cerca de Pucará, y, desde allí, huir a las proximidades de Santa Cruz. El 25 de septiembre, a un día a pie del lugar de destino, avistan el poblado de Picacho. Con el viento les llega una melodía; parece que hay movimiento en las callejuelas y deciden acercarse. El Che va delante, montado en el asno, y Pombo y João Batista lo escoltan. Los demás guerrilleros los siguen en fila india. Alcanzan las casitas, decoradas con flores amarillas y rojas: los habitantes están ultimando los preparativos para la boda de un tal Benito Pontes. Unas hojas de palmera dispuestas por la calle principal forman una alfombra viva sobre el suelo arenoso. Guevara y su montura pasan primero bajo la mirada escrutadora de los campesinos, que visten sus mejores galas y se apartan a ambos lados para dejarle pasar. Tras él aparecen los demás guerrilleros, incómodos con tanto colorido y con la inesperada acogida. Algunos reciben flores. Van a pie hasta la plaza de Armas, donde esperan los padres de los novios. El Che baja del burro y les pide que prosigan con la celebración, pues no están allí para aguar la boda. Es presentado a los novios y «parecía divertirse haciendo la señal de la cruz, como si los bendijera», recuerda João Batista. Bajo las órdenes del comandante, dejan las armas y participan en la fiesta. «Daba pena verlos con aquellas ropas llenas de agujeros, y el aspecto indigente que tenían», relata un habitante. «Uno de ellos dio un discurso, habló de lucha, de un reino donde ya no habría jefes ni grandes propietarios, pero no entendimos nada.» Las mujeres hacen cola para ver al Che Guevara; algunas quieren tocarlo. Según un relato poco fiable de uno de los padrinos, el comandante pasó tres horas en la celebración, tomó chicha, «pero no quiso bailar porque dijo que estaba cansado. Cuando se marchó, le dijimos que no fuera por el camino de La Higuera, sino por el monte. Pero al parecer desconfiaba de nosotros y se metió por abajo, por el Churo».

A través de un camino de mulas, entre arbustos espinosos, llegan a su destino a la mañana siguiente. El poblado consiste en unas treinta cabañas hechas de palos y barro, con tejado de paja, arracimadas a ambos lados de un camino de tierra. La única casa de tejas pertenece a Humberto Hidalgo, telegrafista y pequeño agricultor. «Al llegar a La Higuera, todo cambió», escribe el Che. «Habían desaparecido los hombres, y sólo alguna que otra mujer había.» En casa de Hidalgo, Coco encuentra una comunicación de algunos días atrás, del prefecto de Vallegrande, en la que alerta de la presencia de los guerrilleros en la región, diciendo que están «destruyendo las propiedades, deshonrando a las hijas», y que deben informar de cualquier noticia sobre su paradero. La esposa del telegrafista, Ninfa Arteaga, se ha quedado atrás para intentar impedir que lo destrocen todo. Parece no temer a aquellos hombres: les pide que no corten los cables, que si hubiera querido advertir a las autoridades de su presencia, ya lo habría hecho. Pero Inti hace oídos sordos a sus ruegos. Aun así, ella está dispuesta a prepararles la comida que le queda en los estantes. Más tarde dirá a los periodistas bolivianos que los barbudos estaban flacos y bastante hambrientos. «Un niño llamado Willy, que era del Beni, como yo, dijo cosas muy bonitas, sobre cómo serían las cosas si la guerrilla triunfara.» En la cocina la ayudan otras dos indias, que aparecen con timidez en el umbral, con un pollo y un poco de arroz. También están ansiosas por ver y tocar al Che Guevara.

A la una de la tarde dejan el poblado para dirigirse a Jagüey, donde buscarán un vehículo a fin de atravesar con mayor rapidez aquel terreno árido. La vanguardia parte primero. Miguel y Benigno encabezan la marcha, seguidos a veinte pasos por Coco, Julio y João Batista, y luego por Darío, León, Aniceto y Camba. Hablan poco; Benigno escribirá más tarde que Miguel iba receloso, mirando mucho a los lados. Intenta tranquilizarlo, le dice que todo va bien, que desde allí podrían ver cualquier grupo de soldados que se acercara. Tal es su desprevención. Avanzan algo más por aquel páramo. Los pedruscos de tierra caliza se desmenuzan bajo las botas.

El Che y los otros trece esperan sentados en los umbrales de las casas de La Higuera y no se levantan hasta que las siluetas de la vanguardia se ven pequeñas en el horizonte. Entretanto, Benigno, que va algo por delante de Miguel, se agacha para quitarse una piedra de la bota. Dirá que notó movimiento entre los arbustos del borde del camino y, segundos después, una repetición de disparos y zumbidos sobre su cabeza. A las «13.30 h aproximadamente, los disparos desde todo el firme anunciaron que los nuestros habían caído en una emboscada», escribe el Che al final de ese día.

Miguel suelta un gruñido ronco y Benigno, que sigue arrodillado, vuelve la cara y lo ve caer de espaldas. Julio es el siguiente, y se arrastra por el suelo con las manos en la barriga, dibujando una línea roja y viva tras de sí. Después João Batista cae en medio de una gran salpicadura de sangre. Las piernas le dan una sacudida y se contorsiona sin apartarse de la línea de tiro; vuelven a dispararle. Luego Coco cae hacia delante, de rodillas. Es el único que todavía parece tener posibilidades de salvarse, y también el que está más cerca, y Benigno se arrastra hasta él, lo agarra por la espalda e intenta tirar de él, pero vuelve a caerles encima una lluvia de disparos. «Con la cabeza apoyada en mi hombro, Coco vomita sangre sobre mi pecho», contará más tarde. Ve a León y a Camba corriendo, soltando las mochilas y las armas, y avista al grupo del Che, que viene de La Higuera a toda prisa. Intenta decirles que no se acerquen, que les han hecho una emboscada, «pero es como si el grito se me quedara apresado en la garganta». Urbano gira sobre sí mismo al ser alcanzado. Debido a la cortina de polvo que se ha levantado y a los hombres que avanzan, Urbano no ve qué sucede: los cargadores que llevaba consigo cruzados sobre el pecho han impedido que las balas lo atravesaran, por lo que se ha salvado milagrosamente.

Entre los caídos y la polvareda blanca aparece el Che con el rifle en las manos, ligeramente encorvado y con los ojos entrecerrados, tratando de localizar al enemigo. Sólo dispara cuando ve movimiento; sigue avanzando, como dominado por la bravura de los años pasados. Después de cada disparo, acciona cuidadosamente el gatillo del rifle, en busca de un nuevo objetivo. No le asustan las ráfagas de balas, que ahora parecen descontroladas. Ñato, Pombo, Pacho e Inti lo siguen y disparan a su vez, corriendo de cara a las líneas enemigas. Los *rangers* entre los arbustos empiezan a retroceder.

Pacho y Ñato tiran de Benigno, que parece ser el único que sigue vivo. Inti comprueba que ninguno de los otros muchachos se mueve y ordena la retirada. Bajan disparados por un promontorio y no se detienen hasta alcanzar la vegetación algo más densa de más abajo. Siguen descendiendo y se esconden en el lecho pedregoso de un río estacional. A medianoche siguen en el mismo lugar, exhaustos, con los rifles apuntando al camino por el que han venido. Al parecer, los *rangers* no los han seguido. Pero ahora empiezan a darse cuenta de la gravedad de las pérdidas, e Inti está abatido por la muerte de Coco, su hermano. Pregunta a Benigno cómo cayó en la batalla; el cubano le dice que ha muerto «bravamente, disparando hasta el último instante de consciencia».

De madrugada reinician la marcha, «tratando de encontrar un lugar para subir, cosa que se logró a las siete de la mañana, pero para el lado contrario al que pretendíamos», escribe el Che. Atraviesan corriendo un terreno pelado y se esconden en un «bosquecillo». Están rodeados. Dos soldados y un campesino pasan a unos metros de ellos, a punto de descubrirlos. Aniceto se adelanta por el camino que pensaban seguir y encuentra una casa con «un buen grupo de soldados». «Ése era el camino más fácil para nosotros y está cortado ahora», escribe el comandante. En la distancia, oyen los gritos del ejército persiguiendo a Camba, que se había perdido durante la emboscada. Al final de ese día, el diario del Che es duro: «Nuestras bajas han sido muy grandes esta vez; la pérdida más sensible es la de Coco, pero Miguel y Julio y João Batista eran magníficos luchadores y el valor humano de los tres es imponderable».

Inti no tuvo tiempo de ver si el brasileño respiraba (o ni lo intentó); cuando los soldados salieron de detrás de los arbustos y rodearon los cuerpos, constataron que João Batista aún vivía y se lo llevaron de vuelta a La Higuera. El comandante Miguel Ayoroa, al mando de la emboscada, se comunicó por radio con su superior, el subteniente Eduardo Galindo Grandchandt, y recibió la orden de trasladar al prisionero al hospital militar de Vallegrande. No conocemos con certeza la gravedad de las heridas. En cuanto recupera la consciencia, se lo llevan en silla de ruedas, sedado aún, a una sala vacía del ambulatorio, donde lo esperan Félix Rodríguez y el Dr. González, y posiblemente Andrés Selich, el coronel de línea dura. Aunque no está claro si el boliviano participó desde el principio en el interrogatorio, lo que sí es cierto es que estuvo en la sala en momentos decisivos y que fue el responsable de los actos de violencia. Al principio del interrogatorio, el joven de veintidós años intenta desafiarlos negándose a hablar. Cuando dice que quiere un representante brasileño presente, le pegan por primera vez. Cuando se recupera, parece más dispuesto a colaborar; entre una y otra respuesta, se queja de dolores en la pierna izquierda.

Según la transcripción, parece que hay un momento durante ese primer día en el que le atiende un equipo médico. Luego vuelven a pegarle. El segundo día, se recoge un largo monólogo de Félix, en el que relata que él también es extranjero y que tuvo que huir de Cuba; habla de los bienes confiscados a su familia y de lo que ya sabemos. El brasileño no dice nada. Félix comenta que, si colabora con ellos, pueden negociar su extradición a Brasil, o incluso a Estados Unidos, bajo anonimato. «Una de las cosas que descubrí en mi carrera es que el arte de la entrevista, o del interrogatorio, no es nada fácil», escribe Félix en su autobiografía. «Se acerca más a la psicoterapia que al tribunal.» Algunas frases son susurradas, por lo que se pierden en la grabación. Cuando vuelve a hablar, Joâo Batista transforma el interrogatorio en una narración coherente de valor inestimable.

Interrumpen la sesión al final de la madrugada y la reanudan a la tarde siguiente. Cuando el brasileño pronuncia las últimas palabras, el sol está a punto de salir. Es el 1 de octubre de 1967, domingo. No sabemos si el acuerdo propuesto por los agentes de la CIA se llega a cumplir. Pero salieron de Vallegrande ese mismo día para ayudar con el cerco a Guevara. El brasileño es retenido en el hospital militar, y Selich permanece con él. Ya no se nos permite el acceso. Y a partir de ese momento, las cortinas se cierran.

Últimas palabras

No se pueden seguir distorsionando los hechos, y es difícil seguir los momentos finales de la tragedia. El 8 de octubre de 1967, ven cómo una noche sin estrellas se convierte en una penumbra cenicienta, y cómo la mañana amanece opaca. Están acorralados, se convierten en parte del paisaje, inmóviles como lagartos, con los miembros dormidos. Temen que los descubran con la primera luz del día y, por orden del comandante, han tapado los relojes, las hebillas y los cañones de las armas con una pasta de tierra y saliva; algunos incluso han mezclado orina con el polvo calizo. Benigno se ha metido el reloj en el bolsillo, porque «ya no soportaba el ruido de las manecillas». El hombro que le hirieron en la emboscada supura y le impide dormir. La noche anterior encontraron un último frasco de penicilina; Benigno se quejó de que le daban miedo las inyecciones; «pero ¿qué inyecciones, compa?», preguntó el Che. Y es que el único recurso fue extender el antibiótico sobre la capa de pus. La última vez que encendieron la radio, oyeron que la captura era inminente. Se sentían como si toda Bolivia, excepto ellos, supiera dónde estaban. Acaso esperando lo peor, Guevara se ha guardado en un bolsillo del pantalón un cargador para su Walther PPK con sólo dos balas; le ha dicho a Benigno que no lo capturarán vivo. «Soy un hombre precavido», le explica. «Por si falla la primera.» Ha escrito a su familia un breve poema, en el que habla de sacrificar a la revolución la «bala más hermosa de esta pistola que siempre me acompaña».

Hace once días que no luchan, que esquivan a las patrullas y a los campesinos, que evitan las casitas por miedo a que los perros los delaten. La última persona con la que se cruzan es una vieja consumida que tira de dos cabritos. No deja de sonreír y, pese a fingir que está ciega, mira fijamente con unos ojos opacos a Guevara. Los bolivianos lo consideran un mal presagio. La dejan seguir su camino y luego se arrepienten, pues sospechan que hablará con el ejército.

Inmóviles todavía, pegados al suelo, oyen a unos soldados que pasan a pocos metros de allí. En torno a las once de la mañana, el comandante decide que no pueden seguir allí parados, esperando a que estrechen el cerco. Pese a la claridad del día, ordena a Ñato y a Aniceto que avancen colina arriba; quiere una vista general de la región, que encuentren un camino que los saque de aquel cañón. Benigno dirá que Ñato, uno de los bolivianos más resueltos hasta el momento, parece dudar antes de decidirse. Él y Aniceto avanzan los primeros metros a cuatro patas, se levantan, se agachan para seguir subiendo por la elevación rocosa. Las voces cada vez más claras de los soldados les indican que están arriba del todo. Aniceto, que va unos pocos metros por delante, parece sentir curiosidad y levanta la cabeza; quiere verlos y, tal vez, entender lo que dicen.

Los otros guerrilleros son testigos de la escena desde abajo. Algunos hacen señales al boliviano para que baje la cabeza. Benigno dirá más tarde que se acuerda del momento exacto en el que los soldados vieron a Aniceto. El problema es que no son soldados cualesquiera; son *rangers* adiestrados por Pappy Shelton, y han notado que alguien los vigila. Mientras unos ríen alto, otro acciona el gatillo del fusil haciendo el menor ruido posible. Cuando se vuelve para disparar, el blanco es visible. Las balas le revientan la cabeza a Aniceto, y Ñato, que está justo detrás, queda cubierto de salpicaduras.

Los *rangers* suben por el barranco. Se oye otro tiroteo, y unos disparos de mortero caen cerca de donde están los guerrilleros: saltan piedras por los aires, algunos tímpanos estallan. Pombo, Inti y Darío suben por la pendiente disparando, desaparecen de la vista, y una nueva embestida de los soldados los separa del resto del grupo. Chapaco, Moro, Pablo y Eustaquio retroceden por el valle sin disparar un tiro. El Che desaparece por un camino a la derecha y no ve quién lo sigue; disparos y gritos, todo se mezcla en medio de la polvareda, es la guerra que tan bien conoce. Cargado con el rifle, se ahoga y no ve a tiempo que entre las piedras hay movimiento: oye los estallidos secos de un arma y cae con violencia al suelo, como si las piernas no le respondieran; en realidad, esto se debe a la ráfaga de balas que lo ha alcanzado. Grita de dolor y se lleva la mano a la pantorrilla derecha. Tira del fusil M-1, apunta a las rocas y aprieta el gatillo. Pero está atascado: una de las balas ha alcanzado la culata, y el arma ya no le sirve. Alguien lo levanta del suelo y le pide que tenga fuerza; es Willy, un muchacho que, a sus ojos, nunca fue de confianza. Descienden por una senda para guarecerse, abrazados, con pasos inciertos y sin rumbo, como dos borrachos. El asma empeora a cada momento. Vuelven a oír tiros, Willy intenta correr, saltan aquí y allá por aquel terreno árido, hasta que se desmoronan.

Vuelven a levantarse. El comandante cojea. Siguen avanzando en sentido contrario a los disparos. En algún momento de la fuga, el Che se libra discretamente del cargador con las balas que se había reservado para sí mismo. Tal vez la muerte le parezca absurda en ese momento, y el suicidio, una broma de mal gusto. Tal vez no esperara encontrarse, en el siguiente barranco, a tres soldaditos agazapados entre las rocas, con la comida enfriándose sobre una hoguera apagada. Saltan los tres a la vez, accionan los gatillos de los rifles y gritan que se detengan o que los matarán. Les tiemblan las manos. Willy se detiene con el fusil en un brazo y el Che en el otro. Valora las posibilidades, deja caer el arma y grita a su vez:

—¡No disparen, carajo! ¡Es el Che! ¡No disparen, *carajo!*

El comandante cae al suelo, resollando. Le dice a uno de ellos que sí, que es el Che, y que vale más vivo que muerto. Uno de los soldados avisa por la radio que han capturado a dos fugitivos.

Gary Prado Salmón, por entonces capitán encargado de coordinar las operaciones en un puesto avanzado entre Jagüey y Churo, es el primero en llegar. Son casi las tres de la tarde. Va acompañado de ocho *rangers* por miedo a sufrir un ataque sorpresa. Confirma que, definitivamente, aquel hombre en harapos no es «ni más ni menos que el propio Che Guevara».

—¿Y tú quién eres? —le pregunta primero al otro, un muchacho todavía, con vello en lugar de barba.

—Yo me llamo Willy.

—¿Y tú?

—Soy el Che Guevara.

—No. Tú eres un chupapollas.

En un libro publicado años más tarde, describe al argentino como un hombre de «mirada impresionante, unos ojos claros, una melena casi pelirroja». Viste unos andrajos caqui y un abrigo de nailon azul marino, que lleva abierto, dejando a la vista un pecho flaco y cetrino. El capitán se aparta unos metros y, con un transmisor de la Segunda Guerra Mundial, informa al comando de que han capturado a Guevara. El subteniente Totty Aguilera recibe la comunicación desde una base que han montado en La Higuera.

La noticia vuela. El subteniente Aguilera, de nombre en clave «Lince», se pone en contacto con «Saturno», el nombre en clave de Zenteno Anaya, comandante de la Octava División, establecida en Vallegrande.

—Saturno, tenemos a papá.

Estática; falla la transmisión. Nuevos intentos. Responden.

—Saturno a Lince: por favor, confirmen la información.

Breve pausa. Se establece un nuevo y lento contacto con el capitán Prado Salmón, que está en el campo de batalla. Reniegos; confirmación de los datos; retransmisión.

—Tenemos a papá.

El combate continúa. Una granada desmiembra a Antonio y a Arturo, que se habían escondido en una cueva. Pacho lucha hasta el final y, después del último tiro, muere a manos de los soldados que lo rodean. Chino se rinde y sale con los brazos en alto de un hueco entre unas rocas; ha perdido las gafas y parece desorientado. Lo fusilan allí mismo. Pombo, Inti, Darío y Ñato traspasan el cerco y se reencuentran al final de la tarde con Benigno y Urbano. Los dos grupos creían que el Che estaba con el otro, y la confirmación de que podrían haberlo capturado los llena de angustia. Decidirán que es una locura intentar rescatarlo. Como también es una locura buscar a los demás. Entre los seis no hay enfermos ni heridos —Benigno, a pesar de la lesión en el hombro, se desplaza con rapidez— y creen que es mejor seguir así. En su diario, el cubano se precipita al concluir que los otros «seguramente habían sido capturados o habían muerto y no había nada que pudiéramos hacer». Al día siguiente, de madrugada, siguen en el bosque, habiendo hecho un giro hacia el oeste, rumbo a la frontera con Chile. Casi todos llegarán vivos al país vecino en una jornada de hambre y locura que, con los años, se relatará en un libro. Los que quedan atrás serán apresados o morirán.

El 9 de octubre amanece nublado, y el sol no brilla con fuerza hasta media mañana. Los *rangers* regresan a La Higuera. Por el camino han oído rumores de que la guerra ha terminado. Cruzan la callejuela principal bajo la mirada observadora de unas indias ceñudas, apoyadas en las ventanas de las casitas. Al final del recorrido, el caminito avanza por una elevación árida. Sobre la meseta se alza una construcción de dos plantas, tejas irregulares y puertas deformadas: es una escuela. El edificio está rodeado de dos círculos de soldados armados. Después del segundo perímetro de seguridad, hay un grupo de mujeres que han acudido para ver al Che. Algunas llevan velas encendidas y rezan en silencio. Una profesora de veintitrés años llamada Julia Cortez ha obtenido permiso para llevarle una sopa al prisionero de madrugada. Dice que estaba en un rincón y que, a pesar de la oscuridad casi absoluta, podía verle el rostro, como si lo bañara una luz tenue. La mujer repetirá la misma historia mil veces, y la memoria, tan eficaz para suavizar aristas, irá perfeccionando gradualmente el relato. Dirá que su mirada era penetrante y que ella era incapaz de sostenerla; él le preguntó cómo conseguía impartir clases en una situación tan precaria; ella quiso saber si estaba casado. «Estaba sereno, pero era como si supiera lo que iba a sucederle.»

A un lado de la escuela hay un helicóptero cuyo piloto fuma apoyado en la carlinga. Unos metros más adelante hay cinco cuerpos tendidos en el suelo, azulados y descalzos, algunos deformados por los tiros y la metralla. Los *rangers* que acaban de llegar ven que han sacado las dos mesas que había en las salas para colocarlas cerca de la entrada principal. Inclinado sobre una de ellas, hay un operador de radio con un auricular acoplado a un radiotransmisor, que gira el dial y toma notas. Frente a la otra hay un hombre con uniforme caqui sin insignias, que fotografía algo que parece una pila de cuadernos. Detrás de él, guarecido del sol bajo un tejadito de la escuela, el coronel Zenteno Anaya en persona fuma un cigarro en compañía de Andrés Selich y del teniente coronel Miguel Ayoroa, que ha coordinado las tropas en La Higuera.

Los *rangers* se acercan a una higuera para hablar con otros soldados. Les dicen que el Che está en una de las salas; en la otra, un boliviano que se ha negado a darles su nombre y al que simplemente llaman Willy. Los dos van en harapos y «huelen a mendigo».

Los prisioneros fueron encerrados en la escuela a las 19.30 del día anterior. La mochila del Che todavía contiene doce películas fotográficas; veinte mapas remendados, garabateados con lápices de colores; dos libros sobre socialismo; una radio portátil con un paquete de pilas; una pistola; una bolsa con dólares y pesos bolivianos; dos libretitas con códigos; un cuaderno verde de poemas; dos agendas con el diario; dos cuadernos con anotaciones de los mensajes recibidos; y una pipa. Como el argentino se quejaba de dolores, le han dado una aspirina.

El coronel Selich, el subteniente Totty Aguilera y el teniente coronel Ayoroa fueron los primeros en intentar interrogarlo. Como no decía nada, Selich lo agarró por la barba y le dio un par de guantazos. El Che, que tenía las manos atadas, no mostró ninguna reacción. A las nueve de la noche, el telegrafista Humberto Hidalgo apareció por la escuela con un mensaje del comando de Vallegrande, según el cual no había que interrogar —es decir, pegar— al Che hasta la mañana siguiente. Descontento, quizá, con la noticia, Selich confiscó los dos relojes que el argentino llevaba en la muñeca, así como la pipa, y después cenó en casa del telegrafista. Aguilera todavía quería hablar con Guevara, pero, según él, no pronunció más que unas pocas frases cortas sin sentido.

A las once de la noche, un tal Carlos Pérez Rodríguez, sargento del pelotón de guardia, agarró al Che por el pelo y le escupió en la cara. Le dijo que así se cobraba la muerte de los bolivianos caídos en combate. Al parecer, Guevara le escupió a su vez, por lo que lo echaron al suelo con patadas y puñetazos. Finalmente, dos subalternos contuvieron al sargento por temor a que la desobediencia se descubriera y los castigaran a todos. Más tarde, esa misma noche, un enfermero le limpió la pantorrilla herida y Ninfa Arteaga, la mujer del telegrafista, entró en la sala para verlo por última vez.

Es casi mediodía cuando Félix Rodríguez termina de fotografiar los cuadernos. Se entera, por los soldados, de que las mujeres andan preguntando si Guevara ya ha sido asesinado, pues hace cosa de una hora que las radios locales están dando la noticia de que ha muerto en combate.

Minutos más tarde, el telegrafista de la mesa de al lado recibe un mensaje en clave. Se levanta, se dirige apresuradamente a la escuela y lo entrega al coronel Zenteno Anaya. El papel va de mano en mano entre los oficiales y, a pesar de Selich, el documento también llega a las manos de Félix. El agente cubano lee, en medio de la hoja arrugada, un garabato con los números 500 y 600. Le pregunta a Zenteno qué significa. El quinientos significa «Guevara», le dice; el seiscientos, que hay que matarlo. En su autobiografía, Félix sostiene que entonces preguntó al coronel si cabía la posibilidad de trasladar al prisionero a Panamá bajo custodia del gobierno norteamericano; vale más vivo que muerto. «Sí, pero hay que bailar con la música», dice el militar.

El piloto del helicóptero acciona los motores, y las aspas empiezan a girar con un estruendo tal que ahoga otros sonidos y esparce las hojas del operador de radio. Los oficiales llaman al teniente coronel Ayoroa aparte y le pasan instrucciones haciendo señas con los brazos, pero de lejos no se entiende qué le están diciendo. Él mueve la cabeza, intercambian un saludo militar, y ambos coroneles se dirigen hacia el helicóptero agachados. Volverán a Vallegrande con la noticia de que el Che ha sido ejecutado.

Miguel Ayoroa es un indio bajo y fornido, que habla poco. Tiene las manos en la cintura y, cuando el helicóptero se aleja, parece murmurar algo. Félix se aproxima y sonríe. Ha entendido lo que ha pasado y comenta que no será tarea fácil. El militar asiente, esboza una sonrisa a su vez y se dirigen juntos a la escuela.

El teniente coronel elige al azar a diecisiete soldados voluntarios (a falta de una palabra mejor) y los dispone en fila. Son hombres desmotivados que no han sabido eludir la situación cuando el oficial los ha mirado. Ahora hay que seleccionar a los dos que harán el trabajo. Félix está a su lado, propone a uno, mueve la cabeza y señala a otro; Ayoroa está de acuerdo. Bernardino Huanca y Mario Terán dan un paso al frente. Están pálidos como la pared encalada de la escuela; Terán, que es más gordo, suda profusamente. Huanca es alto y delgado. Tal como están, uno al lado del otro, parecen personajes de una comedia. Los eximidos se van de allí con las piernas flojas, y algunos hasta consiguen sonreír. Terán y Huanca siguen en posición de firmes mientras Félix habla con Ayoroa. Aquél gesticula y el boliviano asiente. Cruzan la línea de centinelas y, escoltados por un soldado armado, entran en la escuela.

Una vez dentro, sus ojos tienen que acostumbrarse a la oscuridad. Una mosca pasa zumbando, perciben el olor a mierda y sudor. Oyen el gruñido de alguien oculto en un rincón de la sala que aguanta la respiración para no delatar el asma. Al poco distinguen las formas de un banquito contra la pared y el suelo de tierra batida y, al fondo, el blanco de los ojos abiertos de par en par del prisionero encorvado que los observa. Ven la claridad de unos puños delgados que protegen el pecho instintivamente. La visión se acostumbra algo más y se dan cuenta de que, en realidad, el prisionero no tiene los brazos cruzados, sino que están atados, así como sus pies descalzos. «El superviviente de un naufragio», dirá Félix. Éste se agacha a no más de un metro de Guevara y le pregunta cómo van las cosas. El prisionero todavía resuella y, sin decir nada, en la oscuridad parece que fuerza una sonrisa. El cubano se levanta y pide a uno de los soldados que le desate los pies. El militar consulta a Ayoroa, que consiente. «No había ningún riesgo en soltarlo», dirá más tarde. «Estaba muy delgado y, sin nuestra ayuda, ni siquiera iba a poder levantarse.»

El teniente coronel abandona la sala, llama a gritos a alguien de fuera y vuelve a aparecer con otro soldado. El agente cubano vuelve a acercarse al prisionero y le pregunta si le gustaría salir un poco. «Hace un día precioso, mi comandante.» Los soldados lo levantan por los hombros, él gruñe con la cabeza gacha, cubierta por una melena mugrienta. Abren la puerta del todo, el Che intenta llevarse a la cara los puños atados, pero no consigue levantarlos, de modo que aprieta los ojos, y lo conducen fuera como si fuera un ciego. Los centinelas más próximos dan un paso atrás. A lo lejos, las mujeres lo llaman y se arrodillan para verlo mejor. Ayoroa va hacia una de las mesas y regresa con la cámara fotográfica. Se la entrega a Félix, que da unos pasos, ajusta el objetivo y espera a que el teniente coronel, que está al lado del Che, se alise el uniforme apresuradamente y se ajuste el sombrero de campaña. Duda y, primero, cruza los brazos, luego mete las manos en los bolsillos y, por último, se decide y los deja sueltos a ambos lados del cuerpo. El cubano se acerca la máquina a los ojos, cuadra la imagen, dice «mirad al pajarito», y un soldado se ríe. El Che mira al suelo, suelta una risotada de impaciencia, y no levanta la vista cuando Félix acciona una, dos, tres veces el obturador. Al revelarse, las fotos sólo mostrarán manchas grisáceas; el agente de la CIA las desenfocó intencionadamente, pues sólo quiere salir él en las últimas fotos que se le hagan a Guevara.

Devuelve la cámara. Ayoroa le da unas tímidas gracias y guarda la máquina con delicadeza, como si fuera un tesoro. El cubano coge su Pentax, ajusta la entrada de luz y el objetivo y se la entrega al militar. Le pide que no toque nada más, que ya está ajustada, y se coloca a la derecha del prisionero. Infla el pecho en una posición solemne y le dice que está listo. Contra la recomendación de Félix, Ayoroa gira el objetivo antes de hacer las fotos, y éstas saldrán levemente empañadas. Muestran a Rodríguez rechoncho, al lado de un hombre pequeño con la mirada turbada.

Los dos soldados llevan al prisionero de vuelta a la escuela. Ayoroa y Félix se quedan hablando fuera; el boliviano le da un golpecito en la espalda y le pide que no se demore. El agente de la CIA vuelve a entrar en la sala, aunque esta vez solo. Abre la puerta y se adentra en la oscuridad. El Che está tumbado con las piernas extendidas, y los soldados acaban de atarlo.

—Comandante...

Las formas se van perfilando en la penumbra; Félix ve que el argentino ha alzado el rostro y lo mira de frente. Aquél atrae hacia sí el banquito, se sienta frente al prisionero y señala las manos atadas: «¿Cuántas horas hace que está así?», le pregunta. Les pide a los soldados que lo suelten. Éstos responden, renuentes, que no pueden hacer nada si no tienen órdenes directas de un oficial boliviano. El agente se encoge de hombros y sonríe. Comenta que así es la vida, con altibajos.

—Comandante..., por fin nos encontramos cara a cara...

Es posible que haya ensayado lo que pretende hacer en ese momento: dar un discurso sobre patria e idealismo, seguido de un abrazo amistoso y, tal vez, una despedida honrosa. Menciona algo así en su autobiografía, pero preferimos atenernos a los relatos tardíos de la pareja de soldados que los observa.

La luz que escapa por las rendijas revela los detalles grisáceos del interior. Félix entrelaza los dedos y mira al prisionero antes de hablar. Le dice que nació en Cuba, le pregunta si ha estado alguna vez en Sancti Spiritus. «Hermosas tierras. Mis padres tenían una plantación de caña de azúcar y muchos empleados. Crecí con ellos, tuve una infancia feliz, sin hacer daño a nadie.» Le habla de cómo su familia fue ultrajada y expulsada; de la muerte de su padre y de su amarga juventud; de cómo se casó en Estados Unidos. Mira el reloj. Le dice que todavía puede salvarlo, sacarlo de allí, pero para ello tiene que responder a algunas preguntas. Calla durante unos instantes, y el resuello asmático llena la sala. Habla de la participación en la lucha clandestina, de sus ideales de libertad. Vuelve a mirar el reloj: el tiempo se ha acabado.

—Comandante, necesito que me diga algo.

Guevara gruñe; no se puede saber a ciencia cierta qué dice, pero Félix parece haberle entendido. Sorprendido, endereza la espalda, como si lo hubieran cogido desprevenido. Cuando se dispone a responder, en el cuarto de al lado, la puerta se abre con violencia. Miran la pared de palos y barro que separa las salas. Oyen pasos sofocados y una voz que ordena a Willy que se levante y lo insulta; luego unos golpes confusos y, por último, dos estruendos que los dejan temporalmente sordos. Ahora la penumbra es más tenue, puede apreciarse que el rostro del Che se ha quedado sin sangre; sigue estando de cara a la pared, como si desde allí viera los sesos de Willy esparcidos por los recovecos de la otra sala. Respira con más rapidez y retuerce los puños en un intento de soltarse. Félix lo observa como si no hubiera nada más alrededor. «Cabezota de mierda», murmura el agente cubano entre dientes. Uno de los soldados contará que Guevara parecía loco y que miraba a los lados como si fueran a matarlo en aquel momento; otro está seguro de que el prisionero volvió otra vez la cara hacia Félix y que, tal vez, hasta le sonrió. Oyen un segundo gruñido, esta vez inteligible: el Che lo ha llamado comemierda. El cubano tumba el banquito al levantarse y se abalanza contra el prisionero con las manos en garra.

—Te voy a partir en dos —le dice.

Y tal vez lo habría hecho si uno de los soldados no se hubiera interpuesto con el rifle entre ellos. El otro soldado grita que pare o que disparará, alguien llama a la puerta desde fuera, probablemente Ayoroa. Félix da dos pasos atrás. El Che sigue tirado en el suelo. Lívido, mira a los soldaditos, mira el cañón de los fusiles, la pared, la puerta, luego las muñecas atadas y hace más fuerza para soltarse, toma aire y se atraganta, resopla por el esfuerzo, todo su cuerpo tiembla y cae de lado. Alguien vuelve a llamar a la puerta, y Félix parece salir de un estado de trance; evalúa a los soldados nerviosos que le obstruyen el camino, sacude negativamente la cabeza, da media vuelta y abre la puerta de par en par. Cegado por la luz del día, tropieza con el teniente coronel al salir, pero se protege los ojos con la mano y no se detiene; cruza las líneas de defensa y pasa cerca de las mujeres: algunas lloran, otras dirán que esa misma noche vieron la imagen de un hombre barbudo, con el torso desnudo, montando un caballo a pelo. Félix sigue bajando acelerado por el sendero, adelanta a Bernardino Huanca, el verdugo de Willy, que desciende con más lentitud, arrastrando los pies. Félix se acerca a un grupo de *rangers* entre los que está Mario Terán, el candidato que disparará a Guevara. Éste se halla en medio del círculo con la boca abierta; acaba de confirmar que ahora le toca a él. Levantando la botella a la altura de la cabeza, da un último trago a la cerveza que le ha llevado la mujer del telegrafista y luego la tira al suelo. La botella repiquetea, rueda intacta por el camino hasta chocar con las raíces de un árbol. Mario Terán maldice, se seca los labios con la manga y busca con la vista el fusil de calibre doce. El silencio es un zumbido. Félix Rodríguez sigue bajando por la pendiente y mira el reloj. Es la una y diez de la tarde.

Sobre el autor

Marcelo Ferroni nació en São Paulo en 1974 y desde 2006 vive en Río de Janeiro. Es licenciado en Periodismo y trabajó para el periódico *Folha de S. Paulo* y para las revistas *Galileu* e *IstoÉ*. En 2004 publicó el libro de relatos *Día dos Mortos. Método práctico de la guerrilla,* su primera novela, fue galardonada con el Premio São Paulo al mejor libro del año de autor revelación. En la actualidad, está siendo traducida en varios países.

Alfaguara es un sello editorial del Grupo Santillana

www.alfaguara.com

Argentina
www.alfaguara.com/ar
Av. Leandro N. Alem, 720
C 1001 AAP Buenos Aires
Tel. (54 11) 41 19 50 00
Fax (54 11) 41 19 50 21

Bolivia
www.alfaguara.com/bo
Calacoto, calle 13 n° 8078
La Paz
Tel. (591 2) 279 22 78
Fax (591 2) 277 10 56

Chile
www.alfaguara.com/cl
Dr. Aníbal Ariztía, 1444
Providencia
Santiago de Chile
Tel. (56 2) 384 30 00
Fax (56 2) 384 30 60

Colombia
www.alfaguara.com/co
Carrera 11A, n° 98-50, oficina 501
Bogotá DC
Tel. (571) 705 77 77

Costa Rica
www.alfaguara.com/cas
La Uruca
Del Edificio de Aviación Civil 200 metros
    Oeste
San José de Costa Rica
Tel. (506) 22 20 42 42 y 25 20 05 05
Fax (506) 22 20 13 20

Ecuador
www.alfaguara.com/ec
Avda. Eloy Alfaro, N 33-347 y Avda. 6 de
    Diciembre
Quito
Tel. (593 2) 244 66 56
Fax (593 2) 244 87 91

El Salvador
www.alfaguara.com/can
Siemens, 51
Zona Industrial Santa Elena
Antiguo Cuscatlán - La Libertad
Tel. (503) 2 505 89 y 2 289 89 20
Fax (503) 2 278 60 66

España
www.alfaguara.com/es
Torrelaguna, 60
28043 Madrid
Tel. (34 91) 744 90 60
Fax (34 91) 744 92 24

Estados Unidos
www.alfaguara.com/us
2023 N.W. 84th Avenue
Miami, FL 33122
Tel. (1 305) 591 95 22 y 591 22 32
Fax (1 305) 591 91 45

Guatemala
www.alfaguara.com/can
26 avenida 2-20
Zona n° 14
Guatemala CA
Tel. (502) 24 29 43 00
Fax (502) 24 29 43 03

Honduras
www.alfaguara.com/can
Colonia Tepeyac Contigua a Banco Cuscatlán
Frente Iglesia Adventista del Séptimo Día,
    Casa 1626
Boulevard Juan Pablo Segundo
Tegucigalpa, M. D. C.
Tel. (504) 239 98 84

México
www.alfaguara.com/mx
Avda. Río Mixcoac, 274
Colonia Acacias, C.P. 03240
Benito Juárez, México D.F.
Tel. (52 5) 554 20 75 30
Fax (52 5) 556 01 10 67

Panamá
www.alfaguara.com/cas
Vía Transísmica, Urb. Industrial Orillac,
Calle segunda, local 9
Ciudad de Panamá
Tel. (507) 261 29 95

Paraguay
www.alfaguara.com/py
Avda. Venezuela, 276,
entre Mariscal López y España
Asunción
Tel./fax (595 21) 213 294 y 214 983

Perú
www.alfaguara.com/pe
Avda. Primavera 2160
Santiago de Surco
Lima 33
Tel. (51 1) 313 40 00
Fax (51 1) 313 40 01

Puerto Rico
www.alfaguara.com/mx
Avda. Roosevelt, 1506
Guaynabo 00968
Tel. (1 787) 781 98 00
Fax (1 787) 783 12 62

República Dominicana
www.alfaguara.com/do
Juan Sánchez Ramírez, 9
Gazcue
Santo Domingo R.D.
Tel. (1809) 682 13 82
Fax (1809) 689 10 22

Uruguay
www.alfaguara.com/uy
Juan Manuel Blanes 1132
11200 Montevideo
Tel. (598 2) 410 73 42
Fax (598 2) 410 86 83

Venezuela
www.alfaguara.com/ve
Avda. Rómulo Gallegos
Edificio Zulia, 1°
Boleita Norte
Caracas
Tel. (58 212) 235 30 33
Fax (58 212) 239 10 51